# 猫を処方いたします。2

猫を処方いたします。2

# 我的心理医生是只猫

—— 2 ——

[日] 石田祥 著
宋川川 译

人民邮电出版社
北京

图书在版编目（CIP）数据

我的心理医生是只猫. 2 / （日）石田祥著；宋川川译. -- 北京：人民邮电出版社，2025. --ISBN 978-7-115-65583-7

Ⅰ. I313.45

中国国家版本馆 CIP 数据核字第 20241BC126 号



◆ 著　　　［日］石田祥
　译　　　宋川川
　责任编辑　冯婧媗
　责任印制　陈　犇

◆ 人民邮电出版社出版发行　　北京市丰台区成寿寺路 11 号
　邮编 100164　　电子邮件 315@ptpress.com.cn
　网址 https://www.ptpress.com.cn
　文畅阁印刷有限公司印刷

◆ 开本：880×1230　1/32
　印张：7.875　　　2025 年 1 月第 1 版
　字数：145 千字　　2025 年 1 月河北第 1 次印刷

著作权合同登记号　图字：01-2024-2959 号

定价：45.00 元

读者服务热线：（010）81055671　印装质量热线：（010）81055316

反盗版热线：（010）81055315

广告经营许可证：京东市监广登字 20170147 号

# 目录

尾原友弥握着公寓的门把手，却迟迟没有打开门。很长时间以来，他的猫一直在昏睡，这让尾原在工作的时候总是走神和出岔子，下了班也不想回家。同事介绍给他的那家心理诊所很奇怪，似乎什么治疗都没做，但那天晚上米奥居然醒来了……

# 故事

猫を処方いたします。2

那我们……

就

一起

加油吧

# 中京心灵诊所

## 【处方笺】

来访者姓名：大谷萌　　年龄：20　　性别：女

身份：学生

症状：因恋爱关系而烦恼

【处方猫】

| 品种 | 性别 | 年龄 | 姓名 |
| --- | --- | --- | --- |
| 豹猫 | 雄性 | 四个月 | 虎彻 |

医生：米奥　　护士：千岁

隐约中，大谷萌感觉自己的脚边湿乎乎的。

小萌环顾四周，这才发现自己竟在不知不觉间，走进了一条昏暗的小巷。

刚刚，她还漫步在热闹非凡的河原町街上。这条街道是京都市数一数二的繁华商业街，总是熙熙攘攘。这里挤满了慕名而来的游客，还有活力四射的年轻人。随着夜幕悄然降临，街道上的人流越来越密。往常，小萌会像大多数人一样，和朋友结伴同行，在回家的路上顺道去咖啡店聊聊天，或是到各种小店里转转。然而今天，她却只身一人。

小萌想起来了，自己明明是为了避开人群，才特意沿着蛸药师街往东走的。但不知为何，她竟然走到了一个陌生的地方。回过神来时，自己已经身在一条巷子里，一幢老旧的杂居楼赫然矗立在她的眼前。小萌对这里毫无印象。大楼的门敞开着，里面的走廊一眼望不到头。

“这到底是哪儿啊……”小萌嘟囔了一声。

周围空无一人，再往前走就是死胡同了。

都怪自己刚才走神了！难怪别人总是觉得自己不靠谱。因为心不在焉，所以走错了路，这倒还是头一次。小萌对自己也很失望，她长长叹了一口气。

算了，随便找个地方打发时间吧，不去见他了。或者干脆就去朋友家发发牢骚，抱怨一顿。管他呢！要是电话响了……那就不接！对，就当什么事都没发生过好了。

这样拖着，他就没机会提分手了吧……

可是，万一等会儿手机上突然蹦出来一条消息，上面写着“分手”两个字，那该怎么办呢？如果自己真的就这么被他甩了，那肯定更难受吧……

小萌呆呆地站在原地，她怔怔地盯着眼前这栋楼。

她心中默默祈祷着，有没有谁能来帮帮我啊！难道月老就不能心软一次，把我们俩的红线系得更紧一点儿吗……此刻，小萌只想躲得远远的，不愿面对现实。

但她知道，这一切都是徒劳。她只是在拖延时间而已，这只会让自己伤心得更彻底。明明两个人已经很久没有见面了，但小萌只想把自己藏起来。她吸了吸鼻子，转身准备离开。就在这时，身后传来了一个声音：“喂！等一等——”

她回过头去，可身后一个人都没有。突然，那个声音再次响起，好像是从远处传来的，从一个很高、很远的地方。

小萌缓缓抬起头。这栋老楼直指灰蒙蒙的天空，最顶层的窗户开着。这是……四层……还是五层呢？好高啊。小萌定睛一看，那扇窗后竟然站着一个人，正朝自己招手。

“这儿！我在这儿呢！”

那个人大声喊道。他的脸部恰好逆光，小萌看不清他的长相，只看到对方穿了一身白衣服，听声音应该是个男人。男人的声线偏细，语调中带着些许冷傲。

他竟然把整个上半身都探出了窗外！小萌张大了嘴巴，紧张得屏住了呼吸。

“不要啊！太危险了！”

“不不不，不危险！我是个好人！”

小萌看不见男人的表情，但听起来他好像在笑。巷子里只有小萌一个人，男人肯定是在跟她说话。他操着一口地道的京都腔，继续对她喊道：“来都来了，那就上来坐坐吧！我就在顶层，从里面数第二个房间！千万别客气啊——”

“这……这不太方便吧……”

“那要不，还是我去你那儿吧！等我一下——我马上就跳下去！这也没有个落脚的地方啊……不行啊，好像有点儿高……不管了，赌一把！我来啦——”

说着，男人把身子往前一倾。小萌吓得魂儿都快出窍了，她赶紧朝男人喊：“别跳别跳！我这就上去！”

小萌慌慌张张地冲进楼里，一路小跑上了五楼。

小萌来到倒数第二个房间，试探着敲了敲门。楼里和外面一样破旧，房间门上的油漆已经斑驳不堪，甚至露出了里面的金属板。这扇门看起来很重。小萌敲了好几次门，都没有人应声。好瘆人啊……刚才那个男人傻乎乎的话，还有那柔柔的京都腔，好像一切只是为了让小萌放松警惕。

这不是巧合。他就是在等我……

小萌拧了拧把手，竟然没拧动！她又重新酝酿了一下，使出全身力气，总算是把门打开了。房间里竟然十分明亮，这倒是出乎她的意料。里面和外面简直就是两个世界。一进门，就能看见前台。原来这里是家诊所啊！小萌往屋子里探了探头。里面没有人，只有一个小小的单人沙发。

“请问……有人吗——”

小萌询问了一声，但没有人回应。刚才的那个男人呢？她提高了一些音量，又问了一声，还是没有人回应。

他不会真的跳下去了吧？！小萌慌了起来，她竖起耳朵，仔细听着屋里的动静。可是她听了半天，什么声响也没有。屋子里一片寂静。

小萌有些不知所措，正当她准备离开时，耳边忽然传来一个女人尖细的声音。

“米奥医生，这到底是怎么回事啊？！”

听声音，女人像是非常愤怒。这里面应该还有一个房间。小萌小心翼翼地走了进去。透过虚掩的门缝，她看到一个穿着护士服的女人，双手叉腰，正在呵斥椅子上的人。

“你还故意把头伸出去叫她！你是不是不知死活？我看你就是太闲了！”

“别这么生气嘛……”是刚才那个男人的声音，“人家都走到楼下了，如果不上来坐坐就回去，多可惜啊！我跟她打个招呼而已，没关系的，嘻嘻……”

“怎么没关系?！预约的患者还没到呢，你怎么能让别人随便插队呢?”

“呃……可是他一直都不来，人家也有点儿百无聊赖嘛。”

“所以说啊，你就是闲的！”

小萌听得好奇，又把头往里探了探。一个穿着白大褂的男人正低着头，满脸歉意。他看起来三十岁左右，平易近人。下一秒，医生突然抬起头，正好和小萌四目相对。

“啊！您来啦！快请进，请进！”

医生顿时笑容满面，仿佛看到了救星一样。护士也转过头来，目光落在了小萌身上。护士约莫二十五六岁，比小萌稍显成熟。她的眼神犀利，皮肤白皙，紧锁的眉头透露出心中的不悦——她好像并不欢迎眼前的这位不速之客。

“我……”

“请进！快请坐吧。”医生热情地邀请道。

护士则冷着脸，没等小萌走入房间，就气冲冲地离开了。诊室内的陈设很简单，只有一套桌椅和一台笔记本电脑。小萌按医生的指示坐了下来。她心里直纳闷：这里连一套像样的医疗设备都没有，算哪门子诊所呢？

小萌疑惑地打量起四周。这时，医生爽朗的笑声打破了房间里的沉默。

“哈哈哈，您别多心！千岁护士就是刀子嘴豆腐心。我们这里是中京心灵诊所。您也看到了，诊所里只有我和护士两个人。我们本来是不接收新患者的，但今天就为您破个例吧！毕竟，您是特意过来的嘛。”

中京心灵诊所？小萌一头雾水。

“啊……我……我其实没有什么心理问题……”

“啊哈哈哈——”医生好像根本没有听小萌说话。他笑了笑，继续说道：“但您不还是来了嘛！”

“又不是我自己想来的，还不是因为您刚才在楼上喊我吗……”

“有的人喊也喊不来，有的人就算来了也打不开门。但您不仅主动上了楼，还推开了我们诊所的门。这恰恰说明，您其实是想来的。否则的话，我们是不可能见面的。所以嘛……”

医生说着，把脸转向电脑，开始敲击键盘。

就这样，诊疗猝不及防地开始了。小萌完全没有心理准备，她连大学里的心理咨询室都没有去过。

“您的姓名和年龄是？”

“我叫大谷萌，再过几天就二十岁了。”

“您最近过得怎么样？”

“过得怎么样……”小萌陷入了沉思。

自己看起来很不开心吗？像是需要帮助的样子吗？

虽然她刚才确实有点儿闷闷不乐，但那都是因为一些芝麻大点儿的小事，根本不至于看心理医生。

不过，她的心里确实有点儿难受。算了，不想了！过几天就好了，这点儿小事根本没必要说出来。

“我没……”小萌一抬头，刚好撞上医生的视线。他的眼神里充满了期待，好像在翘首等待听到一段伤心往事。小萌觉得他不像个医生，倒更像隔壁喜欢收集信息的阿婆。

不过，医生的那双眼睛仿佛能洞察人心。小萌觉得有些不可思议。

她下意识地开口道：“我不想……不想和他分手……”

“哦？是这样啊。”医生微笑着点点头。

“那就给您开一副猫猫处方吧！千岁护士，把猫猫带来！”

医生朝帘子里喊道。话音刚落，刚才的那位护士便皱着眉头走了进来。

“米奥医生，这只猫猫可是个爱拆家的淘气包。”

“这样啊？！千岁护士，我真佩服你！你对这些猫猫的性格，简直是了如指掌。要是没有你，我们诊所可怎么办呢？”

“哼，你还可以再假一点儿吗？！”护士还是板着脸。她把一个宠物箱放在桌上，随后又回到了帘子后面。

这两个人到底是什么情况？

小萌一脸茫然。医生见状，把箱子转了过来。这是一个简易的塑料宠物箱，透过箱子侧面的网眼，小萌清楚地看见了里面的猫猫。

“咦？这是……猫猫吗？”

“没错啊，就是猫猫！”医生得意扬扬地说道。

小萌俯下身子，瞪大了眼睛，朝箱子里望去。

那是一只棕色的猫，它的身上还有些黑色的斑纹。猫猫的面部轮廓紧致，小嘴紧闭着，竖着一对大大的三角耳。尽管是一只看似普通的猫，但它看上去比其他猫更威风凛凛，更优雅高贵。

“好漂亮的猫猫啊……”

“是吧！我把它抱出来吧。”

说着，医生轻轻地打开了箱子。猫猫就像一朵涌动的浪花，丝滑地从箱子中钻了出来。小萌看着它身上独特的斑纹，不禁捂住脸颊，惊叹道：“哇！是豹纹猫猫！好帅气啊！”

“是啊，它这身花纹，和关西的阿姨们穿的衣服简直一模一样。不过嘛，豹纹穿在阿姨们身上，多少显得有点儿浮夸。放在猫猫的身上，反而格外讨人喜欢呢！它现在还小，说不定再长大一点儿，身上就有贵族气质了呢！那这一周就……咦？怎么啦？”

猫瞪大了双眼，紧紧盯着医生，宛如静止的石雕。

医生把脸凑了过去，用鼻子轻轻蹭了蹭猫的鼻尖。

“怎么了喵？哦哦，你说穿豹纹的不是关西的阿姨啊？喵喵，豹纹是大阪阿姨的专属？原来如此啊，看来关西和大阪确实不能混为一谈！我的错，我的错。”医生笑眯眯地说道。

豹纹猫猫像是听懂了他的话一样，又灵活地钻回了箱子。

“那么，接下来的一周，您就好好‘服用’这位‘大阪阿姨’吧！我给您开个处方，把处方交到前台就行了。对了，还有这个。”

医生递来一张处方单和一本记录服药情况的小册子。这种手册随处可见，小萌的家里也有一本。

小萌接过册子，又皱起了眉头。封面上“药品手账”几个字被两条黑线划掉，下面用中性笔写着“猫猫手账”。这看起来简直像小孩子的恶作剧一样。

“请在手账上记录每天进去的东西和出来的东西。”

“进去的和……出来的？”

“对呀！有进就有出。这也是‘猫之常情’嘛。什么时候出来的，出来了多少，您都得一条一条记下来。一定要确保进出通畅才行啊……”

“等一下！您的意思是……让我把这只猫猫带回去？”

“没错。”医生轻松地说道。

小萌的大脑一片空白。自己怎么可能随便带回去一只猫呢？她连忙摇头。

“不行不行！绝对不行！”小萌坚决地说道。

“啊哈哈——没想到您还挺客气的。”

“不是客气不客气的问题，我是真的没把握！我没照顾过猫猫啊。”小萌有些沮丧地垂下了头。

但医生完全无视小萌的拒绝，把装着猫的箱子一把塞到了她手里。

“有了这只猫猫，您就等于拥有豹纹了呀！这下好了，您也算是半个大阪阿姨啦！恭喜恭喜！”

不好笑。一点儿都不好笑。这里是京都，不是大阪。而且小萌也不喜欢豹纹。但不管她说什么，医生都只是笑笑而已。无奈之下，小萌只能拿着箱子，迷迷糊糊地走出了诊室。候诊区的沙发上空无一人。看样子，除了她，这里并没有其他患者。

“大谷小姐，这边请。”护士在前台招了招手。

“请出示处方。”

这家诊所的看病流程和其他医院一样，就是医生有点儿莫名其妙。哪有医生会亲自上阵招揽患者来看病啊？更别说硬塞给患者一只猫了。小萌把处方递给护士，从护士手中接过了一个沉甸甸的纸袋。

“这些是必需品。请您仔细阅读里面的说明书。”

纸袋里装着塑料的碗和盘子，还有几个塑料袋。小萌从里面拿出了说明书。

“虎彻，雄性，四个月，孟加拉豹猫。早晚各喂一次，适量即可。饮用水常备。及时打扫粪便。猫猫平均每天排尿两到四次，排便一到两次。每次排便后，需检查粪便的量是否正常，以及其颜色、气味、形状等。为了预防泌尿系统相关疾病，请主人多关注猫猫的排泄状况。谨记。”

小萌把这段文字读了一遍又一遍。

原来刚才医生说的“出来的东西”，指的就是猫猫的粪便啊。小萌抬头看了一眼护士，发现她已经去忙别的事情了。

“请问，‘排泄’就是上厕所的意思……吧？”

“有什么不确定的地方可以咨询医生。祝您早日康复。”

“那颜色、气味什么的……”

“祝您早日康复。”

“是指它的便便吗？”

“祝您早日康复。”

护士面无表情地重复着同一句话。小萌只好提着箱子走出了诊所。老旧的墙壁和走廊一下子把她拉回了现实。就因为自己一时疏忽没看路，事情竟然会发展成现在这样！

这里可没有月老帮她解决恋爱的烦恼，只有一位奇怪的心理医生，给她开了一副猫猫处方。

这到底是好事还是坏事呢？小萌也不知道。

小萌从诊所回到家后，已经过去了整整三个小时。猫猫一直不肯排便，这让小萌十分头疼。

“你到底哪里不满意呢？”小萌抱着枕头，对虎彻说道。

虎彻正坐在地板上，认真地舔着自己的毛。小萌稍微跟它拉开了一点儿距离，一人一猫面面相觑。

爸爸为了方便小萌上大学，给她在京都租了公寓。对于独居的大学生来说，这间公寓已经算是宽敞漂亮的了。穿过玄关和走廊，就是带有开放式厨房的客厅，另一侧是她的卧室。小萌回家后的第一件事，就是思考该把猫放在哪里。它可能会误食不该吃的东西，所以不能放在厨房。看来，只有卧室了。

小萌打开箱子的一瞬，虎彻迅速钻到了床底下。凭它的速度，人类还真是拿它没办法。

小萌只好歪着脖子趴在地上，朝床底叫着虎彻的名字。虎彻透过漆黑的缝隙，直勾勾地盯着小萌。它直直地立起两只耳朵，眼睛瞪得又大又圆，瞳孔也竖成了一道黑线，浑身上下散发着警戒的气息。

这样只会适得其反。小萌灵机一动，拿出从医院带回来的小碗，在里面装上猫粮和水，放在了床边。她静静地守了一会儿。果不其然！虎彻慢慢伸出爪子，一步一步匍匐着钻了出来。

此刻，虎彻已经饱餐一顿，乖乖地坐在了地板上。说起来，小萌小时候，她的外婆家里也养过猫。所以她知道，猫就是这样的性格——可爱，但又古灵精怪。外婆家里的猫胖乎乎的，但动作十分妖娆。一把它抱起来，它就会丝滑地溜走。不过话说回来，小萌自己终究没养过猫，所以她还是没有信心。

说明书上说，虎彻是一只四个月大的孟加拉豹猫。它的脸上和前腿上长着一道道醒目的黑色条纹，它就像是一只长着猫脸的小老虎。它的背上则布满了深棕色的豹纹，和猎豹的斑纹如出一辙。这些斑纹外层被黑色的圈圈包裹着，整只猫看起来既神秘又帅气。豹纹在它短短的、光滑的皮毛上显得格外清晰，令它散发出一种独特的魅力。

小萌在手机上搜索了孟加拉豹猫的信息。这种猫黏人、爱撒娇、活泼好动，毛发以棕色、白色、灰色为主。而虎彻的毛色，正是其中最受欢迎的棕色。虎彻坐下来的时候，大概只有三十厘米高。显然，它还处于成长期，以后还会长得更高更大一些，那个医生也这样说过。

虎彻吃了猫粮，又喝了水，但它却迟迟不肯排便。小萌在一旁焦急地等待着，又翻开了医院给的说明书。

"'平均每天排尿两到四次，排便一到两次。'都这么长时间了，就算不便便，也总该尿一次吧？虎彻啊，你就不想'放飞自我'吗？难道这个说明书写错了……"

小萌检查起了从医院拿回来的其他东西，注意到了食碗和水碗旁边摆着的猫砂盆。所谓的猫砂盆，其实就是一个单薄的塑料箱，像从家居用品超市里随便买回来的一样。猫砂盆的旁边还有一袋猫砂。

打开猫砂包装袋后，小萌吓了一跳。袋子里装着大大小小的固体颗粒，拆开的那一瞬间，灰尘四处飘散，像是把石灰撒出来了一样。周围顿时一片狼藉。

经过一番折腾，小萌总算在猫砂盆里铺好了猫砂。接下来，按理说她只需要静静等待就好了。

小萌知道猫是怎么上厕所的。外婆家里的胖猫猫如厕时，总是一本正经地坐在阳台角落的箱子里注视远方。但小萌从来不会盯着它看。毕竟这种时候打扰它，显然有些失礼。

然而，虎彻却仍然无动于衷。早知道这样，当初在外婆家的时候，她就应该近距离观察一下胖猫猫注视远方时，它下半身的动作。

"难道是猫砂还不够？要不再放一点儿？"

小萌刚想再加一些猫砂，这时，门铃突然响了。是龙司。

完了！今天是周二，我怎么把这事儿给忘了！

龙司是小萌的男朋友。他在一家房地产公司工作，每周三休息。虽然龙司平时住在父母家，但是每周二下班之后，他都会来找小萌。周二是小萌最期待的一天。她甚至愿意周三一整天都逃课，只为了能和龙司多待一会儿。

这样的生活已经持续了将近一年。但是最近，龙司总是说工作太忙，已经有一段时间不来找她了。小萌觉得龙司的态度变得敷衍了。他的目光总是躲躲闪闪，不敢和小萌对视，笑容也越来越勉强。直觉告诉小萌，他们两人的感情出现了危机。

更令她揪心的是，龙司昨天发来的信息。

“有事想跟你说，我明天下班过去。”

这句话怎么看都不像是个好消息。难道龙司已经厌倦了吗？他已经不爱自己了吗？还是说，他喜欢上其他女人了？

小萌本来忧心忡忡，但因为虎彻的到来，她把这件事忘了个干干净净。她还没来得及做好任何心理准备。小萌只好先关上了卧室的门，再去玄关给龙司开门。

龙司穿着一身笔挺的西装，他没有问候小萌，只是稍微抬了抬手，就走进了客厅。龙司的脸上似乎带着歉意。他一直用眼睛扫视周围，神色飘忽不定，一看就是藏着什么心事。

房间里的气氛瞬间降至冰点。小萌不禁陷入回忆。以前，龙司在的时候，房间里总是洋溢着甜蜜的氛围。龙司二十五岁，比小萌大一些。他成熟又不乏温柔，小萌一直以此为傲。

“要不要……吃点儿什么？或者喝点儿？啊，对了！最近有一部新出的韩剧，同学强烈推荐的，听说特别有意思！”

“呃……还是算了吧。小萌，我有话要和你……”

“还有新电影呢！就是之前你说想看的那部。上映得真够快的，不过看评论说剧情还是差点儿意思。要不还是点个比萨吃吧！”小萌一口气说个不停，试图缓解尴尬的气氛。她不想看到龙司愁眉苦脸的样子。

她真的不想分手。他们肯定能继续走下去的。龙司不会不要自己的。

龙司似乎还想说些什么。这时，卧室里传来了一阵响动——是虎彻。

“什么声音？！”龙司吓了一跳。

“是猫猫……”

“猫猫？你养猫了？”龙司有些惊讶。

“嗯嗯，一言难尽。诊所给我开了副猫猫处方。”

“诊所开的？还会有这种事？”龙司苦笑着说道。卧室里“嘶啦嘶啦”的响声还没停下。

小萌轻轻打开了门。她探头进去的一瞬间，正好和虎彻对视。正在抓挠床单的虎彻突然瞪大了眼睛，停下了爪子。它一动不动地僵在原地，像一尊小猫石像。

龙司也从门缝里看到了虎彻。

“哇——还真是猫猫啊！你什么时候开始养的？”

“这不是我的猫猫，是诊所开的处方，让我‘服用’一周。那家诊所就在……六角街还是蛸药师街来着。这儿还有一本药品手账……呃……猫猫手账。”

听到这里，龙司微微皱起了眉头。他有些惊讶。

“这都是用来干什么的啊？”

“很奇怪吧？我也不知道。”

“嗯……”龙司仍然有些难以置信，他看着小萌说，“养猫……也挺好的。它还能陪着你。”

说着，龙司打开门走进了卧室。他压低了身子，慢慢靠近虎彻。虎彻在床上伸了个懒腰，十分惬意。

“真好看！像只小豹子一样。它挠人吗？”龙司伸出手，想要摸摸它。

虎彻仿佛猜到了他的意图，轻巧地跳下了床，几步就跑到了房间的角落里。

龙司看上去有些失落。他坐在床边，视线还是停留在虎彻身上。刚刚尴尬的气氛已经荡然无存。小萌见状，立刻贴着龙司坐了下来，把头靠在了他的肩上。

只要有虎彻在，他们两个的关系似乎就有了一丝缓和的希望。

猫猫处方竟然真的起作用了！简直太不可思议了！

小萌发自内心地感谢那个医生。她没想到，一只猫竟然能解决他们之间的恋爱烦恼。此刻，她感觉龙司的目光都变得柔和了许多。

“猫猫真可爱呀！难怪最近很多独居的女生都开始养猫了呢！”

“是啊是啊。”小萌痴痴地望向龙司，沉醉在他温柔的眼神里。

这时，虎彻闻了闻食碗和水碗。随后，它又来到猫砂盆旁边，开始左闻闻右闻闻。

“啊！它是不是想上厕所了？”

“哦？是吗？”龙司站起身来，好奇地看着虎彻。

虎彻一步一步，优哉游哉地走进了猫砂盆。但它没有弓起腰，只是“哗啦啦”地刨着猫砂。难不成……它不愿意被人盯着看？它害羞了？

龙司正看得入神，小萌不想扫他的兴。如果没有虎彻吸引龙司的注意力，龙司肯定就要跟她提分手了。

“啊！它坐下了！”龙司突然说道。

只见虎彻蹲了下来，竖起了尾巴。猫砂盆挡住了虎彻的身子，但从它的动作来看，应该是在上厕所。

“还好还好。”龙司松了口气。

不到一分钟，虎彻就抬起了屁股，然后用前爪轻轻地刨起了猫砂。小萌和龙司都被它可爱的样子逗笑了。两个人想贴近看看，于是一起向它凑了过去。

突然，虎彻加大了刨砂的力度。它伸出两只前爪，一个劲儿地将猫砂往外刨。猫砂四处飞散。两个人意识到不妙时，已经晚了。刚刚虎彻还像小孩子玩沙一样，一转眼，它却变成了一台大功率挖掘机，把猫砂刨得到处都是。它身子前倾，两只后爪搭在猫砂盆的边缘，为“最后的暴击”蓄力。龙司无处躲避，猫砂像子弹一般飞向他的脸。

“哇——好疼！”龙司大喊。

“啊啊啊——”小萌也抱头逃跑。

满屋子都是猫砂，还有一坨黑色的温热物体混在其中，一同砸向了龙司。

房间里的状况，简直一言难尽。

龙司惊恐地拍落头发和脸上的猫砂。但他没注意到，自己的头顶上还有一坨藏在猫砂里的猫屎。

“所以……你男朋友头上顶着猫屎就回去了吗？”

玲央奈说着，忍不住放声大笑了起来。

课间时分，校园咖啡厅的阳光房里挤满了学生。玲央奈的笑声格外响亮，引得邻桌的女生们不时侧目。小萌有些不好意思地低下了头。

“真是的！玲央奈，你笑得也太夸张了吧！”

“抱歉抱歉。但实在太好笑了，头上顶着猫屎……”

玲央奈一副忍俊不禁的样子。小萌轻轻瞪了她一眼，示意她收敛一些。

“我已经给他擦过了！有猫砂裹着，还不至于太惨。”小萌解释道。

“哎呀！真是笑死人了！”玲央奈笑得眼泪都流出来了，“不过还好，这下子他总算跟你和好了吧？”

“算是吧……”小萌模棱两可地答道。

小萌是从外地考来京都的，同班同学玲央奈是她最好的朋友。无论上课还是放学，她们俩总是形影不离。小萌也跟她说过，最近龙司有些异样。

两个人的性格截然不同——小萌较为温和，而玲央奈则大大咧咧，像个男孩子一样。但她们却十分要好。正因为兴趣爱好都不相同，才能一起体验多姿多彩的生活。

“话说回来，你俩怎么会闹别扭呢？发生什么事了吗？”

小萌摇了摇头说：“没什么呀，我们从来都没吵过架。”

“那是不是他这个人阴晴不定？”

“也不是。他情绪还挺稳定的。”

前一天晚上，龙司擦干净身上的猫砂后，告诉小萌自己明天要加班，之后就回去了，所以两人也算不上重归于好。他们还没有冷静下来好好谈过，小萌一直在回避这个话题。

“嗯……我看过你男朋友的照片。他看着挺温柔的呀，而且还很有‘男友力’。你们是怎么认识的呀？联谊吗？”

“嗯嗯。之前我一个朋友办了个联谊活动，龙司也去了。我就是那时候对他一见钟情的。”

小萌的表情有些害羞。去参加联谊的时候，小萌本来只是想多认识几个朋友。谁知道只一眼，她就深深迷上了龙司。

“一见钟情啊，我还真没有过呢。”玲央奈苦笑着说，“当然，我不是说一见钟情不好，但外表只是一部分而已，你真的了解他的性格吗？”

“我当然了解了！”小萌坚定地回答，“龙司又温柔又真诚。”

“真的？你确定你不是见色起意？”玲央奈打趣道。

龙司确实是小萌喜欢的类型，这一点毋庸置疑。所以小萌绝对不想就这样轻易放弃。

转瞬，小萌的心情却开始低落起来。为了和龙司在一起多待一会儿，她一直特意空出周二晚上和周三白天的时间。有时，她甚至逃掉必修课，也要陪着龙司。

但今天小萌不想一个人消沉，于是她来到了久违的周三的校园。龙司下周二晚上才会再来，在这之前，她必须想办法挽回他们的感情。猫已经不能再充当两人的润滑剂了，因为这周小萌就该把虎彻送回诊所了。

猫砂事件的罪魁祸首，显然毫无愧疚之意。

那天晚上，虎彻折腾累了以后，就蜷成一团睡着了。它那一身豹纹，实在是讨人喜欢。小萌狼狈地收拾起混在猫砂里的猫屎，在“猫猫手账”上记录下它们的形状。但猫砂散落得到处都是，很难说她的记录是否正确、全面。

今天推开门，房间里又会是什么景象呢？可能又是一片狼藉。一想到这里，小萌就无比郁闷。她双手捧着马克杯，叹了口气。

“养猫的人应该都会为打扫卫生头疼吧……我以前没养过猫，根本想象不到它这么能折腾。”

“我家的可不会到处乱飞。”玲央奈的那杯咖啡已经只剩几个冰块，但她还是“哧溜哧溜”地嘬着吸管。

小萌有些发愣，没听清玲央奈在说什么。

“什么不会到处乱飞？”

“猫砂呗。”

“猫砂还有别的种类吗？”

“当然了！猫砂有很多种类的。”

“真的假的？我都不知道呢！我用的猫砂是诊所给的。”小萌想起昨天漫天飞舞的猫砂，那场景简直就像电影《生化危机》中的场面。

“那家诊所也真够奇怪的。在中京区的哪儿来着？”

“就是我在蛸药师街无意发现的。对了，你说的那种不会乱飞的猫砂是什么样的？在哪儿买的呀？”

“你还挺上心的嘛！不错不错。卖宠物用品的地方，基本都有卖的。不过，大一点儿的宠物店里款式更多。地铁站旁边就有一家大型连锁店，放学之后要不要一起去看看？”

“好呀好呀！”小萌爽快地答应了。

听小萌这么一说，玲央奈又放声笑了起来。

宠物用品占据了整个超市一半的空间，这里比小萌想象中还要宽敞。高高的天花板下，灯光闪耀，玻璃墙壁让店内看起来更加开阔。琳琅满目的商品密密麻麻地陈列在货架上，这里好像人们常去的食品卖场一样。玲央奈对着吃惊的小萌露出了笑容。

“是不是被震惊到了？”

“哇——这些都是给宠物用的吗？太多了吧……”

“那当然啦！这儿什么都有，还有猫爬架和可爱的猫猫小床呢！是不是像宠物主题乐园一样？不光是猫猫用的，还有很多给狗狗用的东西呢。你再看那边——”玲央奈指着店铺的另一边说道，“那边还有热带鱼用品和蜥蜴类爬宠用品呢。”

“每次来的时候我都会想，人类真是不可思议，不管什么动物都能当成宠物。”

“宠物圈可是深藏不露呢！”

小萌没养过宠物，所以之前她从来没有逛过宠物商店。顶多在路过的时候，对着玻璃橱窗里的猫猫狗狗傻笑。

原来，可爱的猫猫狗狗也和人类一样，有它们专属的生活必需品。

“走吧！猫砂……猫砂在……”

玲央奈一边念叨着，一边熟练地带小萌来到了猫砂货架旁。望着那一整面货架，小萌瞪大了眼睛。

“等一下……这……这么多？”

货架上整齐地摆放着一袋袋猫砂，就像超市里的早餐麦片一样。不过猫砂的种类看上去可比早餐麦片要丰富得多。

“这些……全都是猫砂吗？！怎么会有这么多种？”

“因为它们的用途都不一样呀！猫砂的材料、形状，还有处理方法都不一样。对了，你家的厕所是什么样的？”

“什么样的？就是普通公寓的那种卫生间啊。冲水马桶是带冲洗和加热功能的那种，地垫和卷纸架是紫色的……”

“呃……不是啦！”玲央奈无奈地扶着额头，“不是说你用的厕所，我是说猫猫的厕所！猫砂盆！你可别逗我啊。”

“啊，猫砂盆啊！呃……大概就像个塑料盒子一样吧。”小萌尴尬地回答道。

“是一体式的吗？”

“一体式？是指电动的那种吗？应该不是吧……”

小萌更尴尬了。她移开了视线，对自己匮乏的养猫知识有些羞愧。

“哈哈哈——不是这个意思啦！我说的是那种像抽屉一样的双层猫砂盆。下层是可以活动的，尿液和被尿湿的猫砂会自动漏下去，干湿分离。不过，如果是塑料盒的话，那应该不是一体式的。那就买……吸水后会凝固的猫砂吧！”

玲央奈蹲下身子，认真地挑选着架子上的猫砂，边挑边说：“我家用的猫砂不会溶解，一般都是和垃圾一起扔的。纸屑做的猫砂可以溶解，就可以直接倒进马桶冲掉。除了这种，还有木屑做的啦，硅胶做的啦……如果怕猫咪误食的话，还可以选豆渣做的。”

玲央奈两只手各拎着一袋猫砂，入迷地挑选着。

小萌呆呆地站在一旁，她只知道虎彻的品种是豹猫，是四个月大的男孩子。可没想到，光是猫砂就有这么多讲究。她感觉自己开启了新世界的大门。

“要学这么多东西？养猫这种事，居然这么复杂吗？”

看着一脸震惊的小萌，玲央奈不禁笑道：“是啊！小萌，如果你要一直养下去的话，确实可以每种猫砂都尝试一下。不过，那只猫猫不是你的吧？不如我们先选一种凑合着用，怎么样？就选那种能结块的大颗粒猫砂吧。”

“好吧……听你的。”

“那就这个吧！”

玲央奈拿起一袋像米糠一样的桧木屑猫砂。包装上印着一个大大的猫脸，上面写着“去味、结块、不易飞散”。

“要不要再看看猫粮？”玲央奈提议道。小萌探头望向猫粮区，那里的货架更是一眼望不到尽头，令人眼花缭乱。对于养猫新手来说，这确实太复杂了。小萌打消了继续挑选的念头。

结完账后，她们终于可以稍稍休息了。

“谢啦，我真没想到猫砂居然会有这么多种类，太让人震惊了……”

“可不是嘛！猫猫们简直就像主人一样。但其实我觉得吧，现在市面上和猫猫狗狗有关的产品，可能有点儿太多了。”

“确实啊。”

见玲央奈也有同感，小萌松了一口气。她知道玲央奈性格直爽，从不会刻意讨好别人。

现在想想，自己从那家诊所领到猫猫处方后，就应该先联系玲央奈的。昨天她满脑子都是龙司，倒是忘了玲央奈家里也有一只猫。

“玲央奈，没怎么听你说起过你的猫猫呢。我以为养猫的人都会把猫猫挂在嘴边，天天在朋友圈发它们的照片呢。”

“那种人确实很多。但是我们家不一样，我们可不会像他们一样，每天围着猫猫转。”

玲央奈开启了模仿秀模式，学着那些“宠猫狂魔”的样子说：“我们家咪宝，真是太可爱啦！撒娇也可爱，耍脾气也可爱呢！真的是怎么看怎么可爱！”

模仿完毕，她伸了个懒腰，继续说道：“我们家的猫猫，就只是猫猫而已。你能懂吗？”

“不懂……”小萌诚实地摇了摇头。玲央奈轻轻地笑了。

“猫猫就是我家的一员。爸爸、妈妈、哥哥、我，还有猫猫。当然，可爱是很可爱啦……但就算再可爱，你也不会成天拿着家里人的照片，到处炫耀吧？”

“确实……”

“当然，猫猫和人到底不一样，它们就像永远长不大的孩子。我家的猫猫是我哥的朋友送的，但它跟我哥一点儿也不亲，反而天天黏着我妈。与其说它是我家的猫猫，不如说它是我妈的猫猫。”

“嗯嗯。”

“我妈的猫猫”，虽然这个说法听起来少了点儿宠溺，但也很温馨。每个家庭对宠物的定位都不一样。听玲央奈说完，小萌理解了。

两个人离开了宠物商店。之后，玲央奈得去打工了。

“本来今天想去你那儿，一起聊聊养猫心得来着。但这个月我们店接到了很多预约，都是其他县中学的学生来旅行。这周我的班都排满了，而且晚上还得加班！不过现在居然连中学生都能吃上京都名菜——汤豆腐了，这也太奢侈了吧！”

京都的旅游景点周边，到处都是汤豆腐店。玲央奈打工的那家高端料理老店，就在一座禅寺附近。小萌刚到京都的时候，玲央奈带她逛过很多京都的名胜古迹，比如岚山和清水寺。但自从小萌有了龙司，她们两个约会的项目就仅限于课后在咖啡厅闲聊了。今天，她们一起逛了街。上一次逛街，小萌已经不记得是什么时候了。

小萌回到家，屋子里一片寂静。狗狗会因主人的归来而兴奋不已，但猫猫却不会。小萌出门时，把虎彻关在了卧室里。但回到家的小萌完全感受不到它的存在。

她的心中有些慌乱。虎彻真的还在里面吗？怎么连一点儿脚步声都没有呢？它不会跑出去了吧……

小萌屏住呼吸，轻轻推开了门。

“我的窗帘！”

薄纱窗帘被撕得破烂不堪，到处都是划痕和破洞。窗帘的滑轨也被扯掉了，松松垮垮地挂在墙上。

“啊啊啊——”小萌无力地跪倒在地。

前一晚，虎彻就把床单抓破了个洞，所以她多少也有些心理准备。但她没想到，今天窗帘竟会“遭此毒手”，直接提前

“退休”了。那一条条被撕坏的破布，凄惨地垂在空中。

虎彻则端坐在窗台上，直勾勾地盯着小萌，那双浅绿色的眼睛闪闪发光。虎彻一脸无辜，似乎它只是充满同情的旁观者。

不仅如此，地板上还散落着零零散散的猫砂，这肯定也是它的“杰作”。

幸运的是，猫屎还静静地躺在猫砂盆里，没有被刨出来。猫砂沾上尿液后，会结成小硬块。正常情况下，猫一天会排尿两到四次，排便一到两次。小萌看到猫砂盆里有两个硬块，说明虎彻今天尿了两次。

这样看来，虎彻的排泄状况总算是正常了。只可惜家里的窗帘遭了殃，下次龙司过来之前，得换个新的。

当脑海中浮现出龙司的那一瞬间，小萌的心立刻又沉了下去。龙司会来吗？就算他来了，又能改变什么呢？小萌深深叹了口气。这时，虎彻悄悄地从窗台上跳了下来。或许是地毯的作用，它落地时竟没有一点儿声响。

猎豹一样的花纹，从它纤长的躯干一直延伸到后肢。虎彻长着一张小巧的瓜子脸，下巴尖尖的。它棱角分明的五官，带着几分精致。

虎彻在房间里不紧不慢地踱步，那姿态就像走在舞台上，叫人挪不开眼睛。小家伙在房间里绕了好几圈后，若有所思地靠近了猫砂盆。

“等一下，虎彻！我马上给你换新猫砂。”

小萌赶紧把用过的猫砂倒进垃圾袋，又用湿纸巾把猫砂盆擦拭干净。然后，她拿出刚刚买回来的新猫砂，剪开了包装袋。

一股清新的桧木香味扑面而来，充满了整个房间。

“虎彻，你快闻闻！好香啊！这款肯定更好用。”

小萌一边铺着猫砂，一边对虎彻说道。铺好猫砂后，那种好闻的木质香气依旧没有散去。最令人满意的一点是，这款猫砂不会扬尘。简直完美！不愧是玲央奈。小萌想让玲央奈来自己家里看看虎彻。就算玲央奈不是“猫奴”，也一定会被这个小可爱迷得神魂颠倒吧！小萌期待极了。

小萌推开了中京心灵诊所的门。护士坐在前台——还是那位冰山美人，她抬头瞥了小萌一眼。

“大谷小姐，您好，请进。医生一直在等您。”

她一开口，空气中就流淌着京都的韵味。京都腔最特别的地方是音调。尤其是“医生”两个字，用京都腔念出来，就会平添几分温婉与柔情。小萌刚来京都时，对这种拉着长音、略带拖沓的说话方式还不太习惯。但在不知不觉间，这份独特的魅力已经悄然融入她的生活，成为她日常的一部分了。

小萌喜欢京都腔。它就像猫的脚步一样轻盈、丝滑，总能轻易拨动她的心弦。

小萌走进诊室。果然，医生已经在等她了。

“大谷小姐，您好呀！最近身体怎么样啊？一切顺利吗？”

医生笑着问道。小萌心中五味杂陈，自己的情况似乎很难用“好”或者“不好”来概括。她一边思考，一边小心翼翼地将装着虎彻的箱子放在了桌子上。

“还……还行……吧。”

“这样啊。不用着急，万事开头难嘛！慢慢就会好起来啦。”

万事开头难？

小萌一脸诧异，眉头紧锁。

医生轻轻笑了笑，问道：“有按时做记录吗？”

“嗯……”小萌把手账递给了医生。

医生从第一天的记录开始，从头到尾认真翻阅了一遍。小萌现在还是不明白，为什么要她记录猫排便的情况。如果医生没有把这只真的猫猫塞给自己，她一定会把猫猫处方当成一场恶作剧。

今天又是周二。这周小萌和龙司还是像往常一样，偶尔发个信息，但说的都是些可有可无的事情。直到今天，龙司发了条信息说，晚上想和自己谈谈。小萌心里忐忑不安，这次就算有猫猫，也无济于事了。

“不错不错。您记录得很认真啊！”医生点头称赞道，“您还真是个值得信赖的人呢！虽然虎彻不是您的猫猫，但您也没有敷衍了事。唉……您别说，这种敷衍的人其实还真不少呢！光想着自己，怎么省事怎么来！”

“怎么省事怎么来？”

小萌不太明白医生的意思。他是在说猫猫手账吗？可能有人只是随便记两笔，或是根本就不记录？

“他们就是爱糊弄，甚至有时候啊，他们根本就没意识到自己在偷懒。嗯？第二天为止还没什么问题……但是第三天好像有点儿不对劲啊。发生什么事了吗？”

医生还是在低头翻看手账，但他的声音却认真了起来。

小萌突然回过神来。这不是恶作剧，她正在接受诊所的治疗。于是，她认真回答道：“那天我换了一款新的猫砂，是我从宠物商店里买的。就是那种木屑做的猫砂。”

“这样啊。然后呢？”医生抬起头，笑着听小萌解释。

“我觉得那款猫砂很好闻，它的袋子上还写了‘去味、结块、不易飞散’，所以我就买了。可是……”

“猫猫不喜欢。”

“嗯……”

小萌说着说着，仿佛又闻到了那种木质香气。她怀疑，这个房间的某个角落里也有同一款猫砂。包装袋上说，这种香气有除臭功效。但她没有想到，换了猫砂以后，虎彻更不愿意上厕所了。那天，虎彻压低了身子蹲在角落，直勾勾地盯着猫砂盆，整整看了一个晚上。

估计很快它就适应了吧……

然而，第二天清晨，猫砂还是原样，没有尿过的痕迹。看来虎彻还是不想上厕所。小萌没来得及多想，准备完猫粮和水，就去上学了。她和往常一样上课，和朋友吃午饭，傍晚才回到了家里。当看到猫砂盆的那一刻，她彻底愣住了。

猫砂依旧原封不动地铺在那里。别说是尿痕，上面就连一个爪印都没有。

“但它还是自己解决了吧？尿在外面了？”医生问道。

“嗯……在纸箱上。”

当时，小萌趴在地板上，四处搜寻。终于，她在一堆杂物中拎出了那叠湿漉漉的纸箱。那一刻，小萌心里的大石头终于落了地，她长舒了一口气。

“然后我就乖乖换回了诊所给我的猫砂。”

“这样啊。真是难为您了呢。”

医生轻轻合上了手账，他细心地解释道：“猫猫啊，对猫砂可是很挑剔的！要是它们不喜欢，宁可憋着也不上厕所。所以说猫砂这东西，不是好闻的就好，还得合它们的心意才行。而且，每只猫猫的喜好都不一样呢。我们可能觉得这没什么大不了的，但对猫猫们来说，这可是‘猫生大事’！从某种意义上说，猫砂就是……猫猫的一部分啊！”医生感慨万分地说道。

小萌听得有些恍惚，她似懂非懂地呆坐着。

“总之，这一周的疗程还挺有效的。喵，你也辛苦啦！”

医生的话语中带着几分欣慰。他探头望向箱子内的虎彻，嘴角扬起一抹温柔的笑。然后他轻轻提起了箱子。

“啊——”

小萌下意识地伸出手，似乎想要挽留些什么。医生敏锐地捕捉到她微小的变化，停了下手里的动作。

回忆起这一周的点点滴滴，小萌的心中涌起一股莫名的情感。

外婆家的猫总是温顺地任人抚摸，但虎彻不同。它的身上散发着一种野性的力量，让人难以接近。小萌不敢摸它的头，只轻轻地抚摸过它修长的身子。虎彻后背到尾巴的线条十分流畅，看上去带着一种慵懒的神秘。

那身光亮的豹纹，真是美极了。

“虎彻，再见啦……”

小萌的声音中带着一丝哽咽，她的眼眶微微泛红。虎彻静静地趴在箱子里，用深邃的目光望着她，仿佛也在诉说着不舍。目光的交汇，让小萌的心得到了安慰。

“好啦！那就再见吧！千岁护士，把猫猫带走吧。”

那个冷冰冰的护士从帘子后面走了过来。

啊！虎彻真的要走了……小萌刚想伸出手，又制止住了自己。她看到护士的手上拿着一个一模一样的箱子。

“千岁护士，你还真是贴心呀！连新的猫猫都准备好了。”

“医生，这只猫猫也是个淘气包。”

护士一边冷冷地说着，一边把箱子递给了医生。然后她带走了虎彻。

医生把箱子转向了小萌，里面还是一只猫猫。

“接下来的一周，请您‘服用’这只猫猫。”

箱子里的这只猫猫正隔着网眼观察小萌。它长着三角形的耳朵，大大的眼睛。它的毛色比虎彻淡一些，是浅棕色，所以它身上的黑色斑纹，看起来更加醒目。

小萌有些不明所以地看着医生，医生正朝她微笑。

“它……它也是孟加拉豹猫吗？”

“是的。虽然它跟虎彻长得很像，但还是很不一样的。”

“我还要继续治疗吗？”

“当然啦！您还没痊愈呢。”医生果断地说道，“这次的猫猫处方还是‘服用’一周。您还得按时记录这只猫猫的饮食和排便情况。我给您开个处方，您交到前台就行了。”

医生将箱子塞给了小萌。竟然还有第二只猫……小萌茫然地走出了诊室。

护士在前台叫住了她，递给她一个和之前一样的纸袋，里面依然是一张说明书。

“诺艾尔，雌性，五个月，孟加拉豹猫。早晚各喂一次，适量即可。饮用水常备。及时打扫粪便。猫猫平均每天排尿两到四次，排便一到两次。每次排便后，需检查粪便的量是否正常，以及其颜色、气味、形状等。为了预防泌尿系统相关疾病，请主人多关注猫猫的排泄状况。谨记。”

说明书还是和之前一样，只写了一些关于猫排便的注意事项。

“不好意思，我想问一下……”

“有问题的话可以咨询医生。祝您早日康复。”

护士正在忙别的工作，态度依旧冷淡。

但小萌继续追问道：“这次的猫砂和上次的不一样。”

“有问题的话可以咨询医生。祝您早日康复。”

“猫砂……”

“祝您早日康复。”

“这可事关猫生……”

“祝您早日康复。”

护士面无表情地说道。看来她什么都不会说的，要不还是去问问医生吧。小萌刚要回诊室，又被护士拦了下来。

“米奥医生正在等待预约的患者。如果您有问题，就由我来回答吧。”

不是你让我去问医生的吗?！护士说得好像是小萌的错一样。真是莫名其妙!

小萌有些不满，但她还是耐着性子问道:“是这样的，我想问一下这次给我的猫砂……”

小萌把装猫砂的袋子拿了出来，放在了前台。和之前不同，这款猫砂是纸屑做的。

“猫猫会喜欢吗？比如说虎彻，它只喜欢那种大颗粒的。”

“哦哦，我懂了。”护士恍然大悟，“这个嘛……只有试一试才能知道。比如大小啦，踩上去的脚感啦。”护士看向自己的手掌心说道。

“就是这里，这里的感觉，有人喜欢硬的，但我自己是不太喜欢啦……米奥医生就喜欢硬一点儿的那种，他说用粗糙一点儿的，屁股比较舒服。”

她是在说厕纸吗？小萌感到很奇怪。这个叫米奥的医生，还有这个叫千岁的护士，他们喜欢哪种厕纸，关自己什么事……

“请问，能不能再给我一袋之前的那种猫砂啊？要是猫猫不愿意上厕所的话，就麻烦了。”

“那您就把之前剩下的那袋拿回去吧。”

说完，护士转身向屋里走去。

这家诊所究竟是什么构造？这栋楼看上去又窄又深，诊所也十分狭小，问诊流程更是异常简单。忽然，小萌想起了和玲央奈一起去过的宠物商店。店里琳琅满目的宠物用品，就像书架上摆放整齐的书籍。因为人们的需求，这些商品才会出现在货架上。但仔细想想，这些东西真的都是宠物需要的吗？恐怕有一半以上，都是人类用来满足自己的吧。

小萌的思绪越飘越远。这时，护士回来了。她把虎彻用剩下的猫砂递了过来。

“您可以两种都试试，不合适的话再来。”护士虽然冷淡，却没有拒绝小萌的请求。

真是一家奇怪的诊所。

现在既有虎彻用过的猫砂，又有医生新给的猫砂，家里还有一包自己买的猫砂。这三种，总有一种诺艾尔能用上吧！于是，小萌两手塞得满满的，走出了大楼。

回到家后，她打开了箱子，一只猫探出脑袋来。果然，它的毛色比虎彻更浅。它的脸圆圆的，毛发更长，条纹也更清晰。虽说都是豹猫，但它和虎彻给人的感觉却截然不同。这只猫的眼睛很大，眼角微微上扬，透出一股倔强与灵动，就像一个骄傲的小公主。

“欢迎你呀，诺艾尔！”

小萌弯下腰，和猫对上了视线。

诺艾尔舒展了下身体，下一秒便像弹珠一样弹了起来。它没有逃到床下，而是踩着光秃秃的墙壁，以迅雷不及掩耳之势跳到了窗帘的滑轨上。细细的滑轨看上去并不能承受它的重量。小萌顿时惊慌失措。

“不行！危险啊！快下来！”

小萌焦急地呼唤着，向诺艾尔伸出了手。诺艾尔却哈地一下露出了尖锐的牙齿，吓得小萌把手又缩了回来。

好可怕。

外婆家的猫又胖又圆，就算发脾气的时候，也不会露出牙齿。这是小萌第一次受到猫猫的恐吓。要是真的把手伸过去了，肯定会被咬伤或抓伤吧。

小萌只能放弃了抱它下来的念头。她转身去给诺艾尔准备猫粮和水，又在猫砂盆里铺上了虎彻用过的那种猫砂。之后，她在离诺艾尔有一定距离的地方，静静地看着它。

但小萌等了半天，诺艾尔却迟迟没有下来。它在滑轨上压低了身子，一会儿向前探一探，一会儿又向后退两步。它不断重复着这个动作。当诺艾尔把屁股靠近滑轨的一端时，它的后爪就会踩空。它似乎不喜欢这样，于是又往前挪了挪身子。

“你该不会下不来了吧？你不是猫吗……”

小萌希望它能像上去的时候那样，再顺着墙壁跳下来。可它似乎做不到。诺艾尔盯着地板，面露难色。只要小萌一伸手，它就发出低吼，警戒地向后退。

“那你刚才干吗要上去啊?！这下好了，怎么办啊……”

小萌在搜索栏里输入关键词——“猫”“窗帘滑轨”，可搜出来的全是猫趴在窗帘滑轨上的照片。要么就是一些讨论帖，标题大多是“我家猫总爱爬上窗帘滑轨”之类。猫这种动物，似乎不习惯让屁股先“着陆”。如果让它头朝下的话，或许它就能顺利跳下来了。

话虽如此，但它现在爬得太高了。小萌得想想办法，给它找点儿东西垫着，这样它就不会害怕了。找找看，家里有什么呢?

“对了！用行李箱啊!”

小萌顿时觉得自己是个天才。她打开衣柜，扒开堆成山的衣服后，才能把最里面的行李箱拿出来。但她刚一伸手，那堆衣服和包包就像雪崩一样，全都涌到了外面。小萌用身体抵住衣物，费了好大力气，终于把行李箱拽了出来。有了这个，诺艾尔就能平稳“着陆”了。

“来吧，诺艾尔!”

小萌信心十足地大吼了一声。结果她扭头一看——诺艾尔已经站在了自己的脚边。它正噘着嘴，抬头看着小萌。随后，诺艾尔在房间里优雅地视察了一圈，然后悠闲地吃起了猫粮。

太好了！它开始吃东西了。

小萌呆呆地望着诺艾尔。原来你能自己下来啊，那你怎么不早点儿下来呢？房间里乱得像刚刚搬过家一样，诺艾尔却还在悠闲地喝水。不过，小萌还是松了口气。

诺艾尔的体型比虎彻小，它的背上零散地分布着一些椭圆形斑点，屁股和四肢上则遍布着黑色的条纹。要是不看后背，诺艾尔也算是一只豹纹猫，但它背上的花纹又和豹纹不太一样……又是大圆圈，又是小圆圈的，太搞笑了吧！诺艾尔的毛发很长，但还是隐约能看出它背上那四个歪歪斜斜的圆圈。

小萌没忍住，扑哧一声笑了出来。

“诺艾尔……你的后背！好像被其他猫猫踩了两脚一样！”

那些圆圈像极了猫的脚印。这也太可爱了！小萌捧腹大笑。诺艾尔似懂非懂地歪头看着她。

这一周，小萌又可以在猫猫的陪伴下度过了。虽然这有些出乎她的意料，但小萌心里很高兴，脸上的表情也柔和了许多。突然，门铃声响起。小萌的笑容瞬间凝固了。

“完了！是龙司。”

她环顾四周，只见衣柜的门大大敞开，衣物与包包散落一地，整个房间凌乱不堪，几乎找不到一块能落脚的地方。小萌怕诺艾尔跑出来添乱，情急之下，只好先关上了卧室的门。随后，她匆匆走到玄关去开门。

龙司还是和上周一样，眼神飘忽，看起来非常不自然。小萌实在不想让他看到满屋狼藉，但龙司还是注意到了。果不其然，他十分惊讶。

“这……这是怎么了？怎么这么乱啊？”

“那个……猫猫……”

“猫猫？猫猫怎么了？”

龙司皱着眉头走了进来，可屋子里连个站的地方都没有。

“猫猫在哪儿啊？到底怎么了？你没事吧？”

“在里面……”

小萌见龙司有些焦急，连忙打开了卧室的门。她找了一圈，却没看到诺艾尔的身影。

“猫猫呢？诺艾尔——听话，快出来啊！”

小萌翻箱倒柜找了个遍，还是没发现诺艾尔。它到底藏到哪里去了？

小萌再次环视房间。突然，她在窗帘的滑轨上发现了那个熟悉的身影。它怎么又上去了……

“诺艾尔！你怎么又上去了？！”

诺艾尔静静地趴在纤细的滑轨上，悠闲地甩了甩尾巴，对小萌的呼唤置若罔闻。小萌知道，这种时候不能轻举妄动，否则肯定会吓到这位“杂技演员”。她只能在心里默默祈祷：快下来吧……

小萌担忧地看着诺艾尔，一旁的龙司则诧异地问道：“猫猫看着怎么和之前不太一样啊？”

“嗯嗯，这是另一只猫猫了。”

龙司露出了疑惑的眼神。他也在担心诺艾尔吗？

“这只猫猫也是诊所开的处方，还给了猫粮和猫砂。对了，还有一本药品……呃……猫猫手账。”

“哦……”

龙司若有所思地点点头。他的目光扫过房间，最终停在了行李箱上。

“你怎么把它拿出来了？”

早知道刚才应该收拾一下的。乱糟糟的屋子里摆着一个行李箱，简直和要离家出走一样。难怪龙司会误会。

小萌连忙解释道：“我刚才想让猫猫先跳到这个行李箱上面来，还没来得及收起来呢。”

“我还以为你要丢下猫猫，自己去旅行呢。”

“呃……”

小萌一时语塞，她不敢去看龙司的眼睛。

“小萌，虽然我不知道到底是怎么回事……但你千万不要一时兴起，就随便把猫猫带回家。照顾它们可是很辛苦的。”

“我没有！”小萌急忙解释道，“这是中京心灵诊所给我开的处方！”

“嗯嗯，行吧。你觉得好就好。”

一点儿也不好。龙司看都没有看她，明显是不相信自己。

“我先回去了。等你冷静一点儿，我们再聊吧。”

龙司笑了笑，转身回去了。小萌独自站在原地，心中五味杂陈。

这件事确实很离谱。一家心理诊所，竟然把猫当成处方，寄养在患者家里。还是整整一周！

但在龙司看来，一定是小萌一时冲动收养了猫猫，却又没有尽到责任。虽然自己平时有点儿不靠谱，但也不至于做出这种事啊！龙司的态度，让小萌委屈极了。

小萌回过神来，发现诺艾尔又回到了自己脚边，正用金色的大眼睛看着自己。

“诺艾尔，还好有你！这次他还是没找到机会说分手。”

小萌蹲下来，轻轻摸了摸诺艾尔。明明他没说分手，为什么自己却这么难过呢？

玲央奈静静地听着小萌的倾诉。她皱着眉头，靠在咖啡馆的椅背上。

这一天是周六，两个人来到了一座寺庙附近的一家咖啡店。虽说她们也经常去大学里的咖啡馆，但今天她们是被这里的甜点吸引来的。

据说，这家咖啡店的巴斯克芝士蛋糕是一绝，她们已经期待好久了。在京都这座古城，有许多人气店铺都隐匿于市井之间，凭借那份低调的古朴与雅致吸引食客。这家店也有一种古色古香的氛围，在网上收获了众多好评。

“所以，现在这只猫猫上厕所很费力？”玲央奈把叉子插进抹茶味的芝士蛋糕，淡淡地问道。

“嗯……”小萌点的是樱花口味的芝士蛋糕。她用叉子挖下一块，发现蛋糕的切面是淡淡的樱花粉色。

“我觉得它可能不喜欢现在的厕所。”

“对了，你有好好记录它便便的情况吗？”

“那当然了。”

小萌每天都在猫猫手账上，记录诺艾尔的进食和排泄情况。她甚至把猫屎都用手机拍了下来，还把这些“美照”给玲央奈展示了很多次。

“怎么样？这次的很正常吧？”

“呃……确实。你其实不用在这个时候给我看照片……”

“它拉便便倒是很顺畅，但是拉在哪儿就不一定了……诺艾尔好像不太愿意碰猫砂，它有的时候只在猫砂盆边上拉一点点，有的时候还会在地板上大小便！而且它每次上完厕所，都会跑到我身边看着我，好像是有什么话要跟我说一样。”

“这样啊……”玲央奈若有所思地嘀咕道。

诺艾尔来到家里已经好几天了。它比虎彻更调皮一些，对房间里的一切都无比好奇。它不仅咬烂了小萌的手机壳，还抓烂了家里的抱枕。不过，它最喜欢的地方还是窗帘滑轨，没事就会趴在上面。诺艾尔有时会撒娇似的跳上小萌的膝盖，用头和身体蹭蹭她。可只要小萌一伸手，它就会一溜烟儿地逃走。

小萌十分担心诺艾尔的“便情”。它不会像虎彻一样猛烈地刨砂，但它会在猫砂盆周围走来走去，一边转圈一边闻，这点倒是和虎彻一模一样。诺艾尔排便时，总是显得慌里慌张的，感觉像还未尽兴就要从猫砂盆里逃出来一样。

“你现在用的是什么猫砂？是我们之前买的那款吗？”

“一开始用的是虎彻剩下的猫砂，后来换成了诊所新给的那款，是用纸屑做的。但它好像都不喜欢。所以昨天我就换成了之前买的桧木那款。用那个倒是好了一点儿，它终于愿意在猫砂盆里面便便了。但我总感觉，它是被我折腾烦了，勉强用用而已……”

可怜的诺艾尔，之前神气的小胡须现在都耷拉了下来。想到这里，小萌心疼极了。每次排便完，诺艾尔都瞪着眼睛，闭着嘴巴，垂下来的胡须给这张委屈的小脸又添了几分忧愁。

“各种猫砂都试过了呀……那应该不是猫砂的问题。其他都还正常吗？比如猫粮之类的。”

“猫粮？”

“对。”

玲央奈将最后一口抹茶蛋糕送进嘴里，看向了小萌。

“等等……其实我刚才就想说了，咱俩这个座位可真不怎么样！”

“啊……是因为旁边有个卫生间吗？”

小萌也注意到了。这家店里有餐桌和吧台，她们两人被安排坐在正对着卫生间的餐桌，两人的身旁还站着排队等着上卫生间的人。这让她们的就餐体验大打折扣。

“现在人流量大，没办法……但吃饭的时候不经意瞥见厕所，确实很影响食欲。上厕所的人应该也很别扭吧？可能……猫砂盆和食盆挨得太近的话，猫猫也会不开心啊！”

“你这么一说我才想起来！我还真是把猫粮盆和猫砂盆放在一起了……”

“那要不把猫砂盆挪远一点儿吧？不然的话，诺艾尔吃猫粮的时候，还要闻便便的味道。”

“好，我试试！”

小萌感觉自己的思路被打开了。对呀！将心比心，不断尝试，这才是最好的办法。

过分纠结于一件事的时候，思维就会受到局限。小萌突然想起了医生的话，他说自己是个值得信赖的人。他还说，有的人只从自己的角度看问题，怎么省事怎么来。

可能医生并没有其他意思，但小萌还是琢磨起他话里的含义。有的人以为自己在老老实实地走直线，却在不知不觉中走偏了。所以，为了保持在正确的轨道上，是不是该适当迂回一下呢？

两个人走出了咖啡厅。还没到打工的时间，玲央奈提议去逛逛街。她们向四条街走去。

“对了，你去的那家心灵诊所，就在这附近吧？”

“嗯嗯，就在寺町街附近。”

“猫猫处方？还挺有意思的。不过你有没有觉得哪里怪怪的？我哥就在流浪猫救助中心工作，所以我对寄养、领养这些事还挺在意的。你带我去看看吧？”玲央奈看起来兴致勃勃。

没有预约就突然上门，是不是有点儿不妥？但只是带朋友去附近看一眼而已，应该没问题吧。小萌带着玲央奈，沿着乌丸街向北走，一直走到了四条街。接着，她们在蛸药师街右转，可这里根本不是小萌之前来的地方。

“那家诊所是和动物医院，或者宠物店合办的吗？”

“呃……我感觉不是，因为那家诊所很小。”

“那猫猫又是哪儿来的呢？不会是医生自己养的吧？好奇怪啊。”

“确实，很奇怪。”

小萌的确经历了一件既荒谬又真实的事情，怪不得连龙司都不相信自己。

一想到龙司，小萌就十分委屈，她的心情瞬间低落。

“没事吧？怎么不高兴了？”

“龙司说，他下周二还会来。”

“你不想见他吗？”

“也不是……”

小萌不敢抬头。如果他要提分手的话，那还不如一直别见面。这听起来似乎很矛盾，但是小萌知道，龙司要说的肯定不是什么好事。

玲央奈一边观察着小萌的表情，一边往前走着。

“你知道的，我可不是喜欢吐槽别人男朋友的那种人。但是吧……”

玲央奈欲言又止，两人就这样走了一会儿。

突然，小萌扑哧一下笑了出来。“没事啦！你想说就说吧。”

“真的？那我可说啦！我知道你们平时见面不容易，但是让女朋友逃课去约会，这也太过分了吧？难不成女朋友考试没通过他负责？就这些，发言完毕！”

玲央奈用开玩笑的语气说道。

又是一阵沉默。二人继续向前走了一段。

如果以前有人说龙司的坏话，小萌肯定会当场反驳。但是现在，她心里很苦恼。

“是啊，就算考试没通过，他也不会负责的……”

“所以这两天又能在学校里看到你，我可开心了。但我有时候也会为了打工逃那么一两节课，所以我也没资格批评你啦……看，前面不就是寺町街了吗？我们是不是走过了？”

“咦？是吗，我之前确实没走到麸屋街啊。”

小萌回过头去，看了看她们来时的路。中京区的街道，在京都算得上格外复杂，各种小路纵横交错，像棋盘格一样。小萌很熟悉乌丸街、河原町街这样的大路，但小路的位置，她却总是搞错。麸屋街是一条南北向的大路，再往西就是富小路街，两条街之间大概只隔了五十米。所以，可能不是她们走过了，而是那条昏暗的小巷凭空消失了。

小萌在路中间愣住了。

“怎么回事啊？”

“难道……那边还有一条路？这附近的路挺复杂的。”

“也有可能，”小萌像失忆了一样，“应该……就是像你说的那样。”

“那我们去对面看看吧！”玲央奈拉着小萌往北走去，结果却直接走到了更北面的六角街。

两个人在这附近不知道绕了多少圈，一会儿往南，一会儿又往北，但她们就是找不到那条小巷的入口。

“怎么回事啊！到底在哪儿啊？”

“哎呀，就应该先在手机上搜一下。那地方叫什么来着？”

“中京……中京心灵诊所。肯定就在这附近！我都来过两回了。”

“这一片找起来可费劲了！我这个本地人都搞不明白呢。心灵诊所对吧？我看看……嗯？”

“怎么了？”

“没有这个地方呀！”玲央奈举着手机，瞪大了眼睛，“什么信息都没有！地址、评价、联系方式，通通没有！怎么会这样啊……”

小萌的记忆已经模糊了，网上又搜不到一点儿信息。

她感觉自己像是在做梦。幸好诺艾尔还在家里，提醒着她一切都是真实的。

“啊！这里有一个！”

玲央奈话音刚落，小萌就凑了上去。

“在哪儿呢？”

“这儿呢，心医生的诊所。你看！这条评论说，‘须田宠物医院位于中京区。须田心医生是一位待人温柔、医术高超的宠物医生……’什么嘛！原来是宠物医院啊！这名字也太容易混淆了。”

又搞错了。两人叹了口气，继续在附近找了起来。在网上搜了半天，但还是没有一点儿线索。

“完了完了！该去打工了！那我先走啦！”

玲央奈俏皮地摆了摆手，转身要离开。可小萌还在原地干着急。

“是真的！玲央奈，你相信我！真的有这个诊所！猫猫是他们给我的。”

玲央奈哭笑不得地说：“那不然呢？要是没有诊所的话，不就成鬼故事了。你还是先把猫猫的厕所安排好吧！既要舒舒服服，又要干净卫生！”

“嗯嗯，知道了。”

小萌的心终于踏实下来。按照玲央奈的建议，她得给诺艾尔的猫砂盆找一个通风好的地方。如果猫猫压力太大的话，自己也会在不知不觉间受到影响的。

---

这一天，又是周二了，是小萌该归还猫的日子。她急着出门，结果匆忙中，把猫砂忘在了家里。如果医生让自己归还剩下的猫砂，她就只能再跑一趟了。

小萌找到了那条小巷。其实，它就藏在十字路口的转角。那天，她和玲央奈只差一点儿就找到了。此刻，小萌的记忆似乎又苏醒了。

她一进门就看见了那个漂亮的护士。冰冷的气质衬得她的脸庞更加精致，而且她浑身上下还散发着一种女性的魅力。小萌记得，她好像叫“千岁”，就连名字也那么好听。

“大谷小姐，请进吧。”

小萌被叫进了诊室。那位叫“米奥”的医生正在里面等着。这个名字倒是不常见。小萌刚坐下来，米奥医生就冲她点了点头。

“哎呀！从您的样子来看，这次猫猫处方的效果不错啊！最难熬的时刻已经过去了，再加把劲儿！”

“您的意思是，我还要……”

“先把手账给我看看吧！”

医生和上次一样，开始仔仔细细地翻看手账。小萌把箱子轻轻放在腿上，和里面的诺艾尔一起等待医生的指示。

“嗯……这只猫猫倒是不挑猫砂。哦？但不管用哪种，它都是一脸嫌弃？这么傲娇的吗？真是个不好对付的小家伙呢！”

医生说得头头是道，好像在分析人的性格一样。诺艾尔忍无可忍，“喵喵喵”地抗议了起来。

“哎呀，抱歉抱歉！傲娇的女孩子也没什么不好嘛！我也很喜欢的。毕竟我这个超级暖男最懂女孩子的心了……所以，您把猫砂盆挪到浴室里之后，问题就解决了？确实，把猫砂盆放在窗边或者有排气扇的地方，猫猫上厕所就更舒服了……原来如此啊。您可真是费心了！怎么样？照顾傲娇的猫猫，可不简单吧？”

“是啊……”

诺艾尔确实很会撒娇，可一旦小萌主动靠近它，它就会转头跑到一边去。或许傲娇的女孩子都是这样吧……

但即便如此，小萌也乐在其中。她天天围着诺艾尔转，从不嫌麻烦。毕竟照顾猫的这点儿辛苦，和它的可爱比起来，都不值一提。

“诺艾尔很乖。虽然照顾它要花很多心思，但它是一只很棒的猫猫。”

“看来，您和它相处得很好呢！喵，任务完成得不错！差不多也该回去啦！”

医生提起箱子，朝帘子那边喊道：“千岁护士，把猫猫带走吧。”

护士走了过来，手里提着一个新的宠物箱。她的表情比之前更不耐烦了。

“我说你呀！来一个看一个，总是不按顺序！要是错过了预约的患者，那怎么办啊？”

“哎呀哎呀，本神医怎么会耽误患者呢？让他们稍稍等一会儿而已嘛！门口不是还有沙发吗？”

“那我可不管了。”

护士撂下这句话，提起装着诺艾尔的箱子就离开了。医生轻轻一笑。

“哈哈哈，您不用放在心上！我们诊所的护士啊，就是爱操心。”

“好……”小萌的心情很复杂。她已经习惯了这两个人的说话风格，但一想到自己就是那个插队的患者，她有些不好意思地低下了头。

这个箱子里，又是一只新的猫猫吧……这次会是多久呢？小萌十分期待，但还是掩饰不住羞愧。

“米奥医生……”

“怎么了？”

“我……是不是耽误您工作了？毕竟我的身体没什么问题，就是有点儿烦心事，都是小事而已。而且那些事也不是医生能解决的。”

小萌心里清楚，她只是不想分手而已。

想到这里，小萌的心情又变得沉重起来。

今天又是周二，她又要面对龙司了。

“怎么会呢？烦恼可不分大小。”

医生歪了一下脑袋，不可思议地看着她。

“您想啊，猫的便便有大有小。有进就有出，吃进去的越多，出来的也就越多，这是‘猫之常情’嘛！就算吃进去的东西很少，如果不及时出来的话，早晚会越积累越多的。便秘不就是这个原理吗？”

小萌不禁皱起了眉头。怎么突然扯到便秘了？自己的烦恼，怎么可能跟便秘是一回事……

“相信我！再坚持‘服用’一周猫猫处方，一定会好的。加油！”

医生说着，把箱子递了过来。小萌隔着网眼，看到了一对尖尖的耳朵。她又凑近了些去看。

“它也是孟加拉豹猫吗？”

“没错。”医生得意地点了点头。

小萌看着这只猫——它通体乌黑，和之前的两只猫截然不同。

原来还有纯黑色的豹猫。小萌的眼睛一直舍不得从猫身上离开。这只猫的体型可真不小。

“对了，这只猫猫的饮食可是很讲究的。”

“嗯？不能给它喂诊所的猫粮吗？”

“它之前参加过专业的猫猫大赛。为了让肌肉线条更流畅，主人给它喂过羊肉和马肉。但现在是休赛期，它就和大鱼大肉的生活说再见喽。它是有些挑食，不过只要它饿了，什么都会吃的。祝您早日康复！”

小萌接过医生塞过来的箱子，走出了诊室。

医生说得轻巧，但做起来哪有那么容易！光是观察猫的排泄状况，就已经很麻烦了，现在还要留心它的饮食。自己真的能顺利度过这一周吗……

护士坐在前台。小萌对她的印象慢慢发生了转变，她不再觉得千岁护士是一个冷冰冰的人了。虽然有时候她眼神犀利，说话没有温度，但其实她心里都是在为米奥医生着想。小萌把处方递给护士后，又拿到了一个纸袋。这下东西都齐全了。

“皮皮，雄性，六岁，孟加拉豹猫。早晚各喂一次，适量即可。饮用水常备。及时打扫粪便。猫猫平均每天排尿两到四次，排便一到两次。每次排便后，需检查便便的量是否正常，以及其颜色、气味、形状等。为了预防泌尿系统相关疾病，请主人多关注猫猫的排泄状况。谨记。”

果不其然，还是那份熟悉的说明书。

不过小萌知道，就算是诊所提供的猫砂和猫粮，这只猫也不一定会喜欢。

小萌看了看护士，发现她一直低着头。不管问她什么，她的答复估计都和之前一样。到头来，还是得靠自己。自己学，自己试，自己努力！于是小萌没再问有关猫的问题。

“我……我是不是占用其他患者的时间了？”

护士抬起头，瞥了小萌一眼。

“没关系，大家都这样。”

“如果下周二已经有其他患者预约了，我可以改天再来。”

“啊——”护士移开了视线，“到底有没有预约来着？”

“嗯？”

“他真的在等那位患者吗……”

护士开始喃喃自语，像是在担心些什么。她抬起了头，脸上浮现出一丝笑意。

“那个人啊，总是吊儿郎当的。有时候我也不知道他在想什么。米奥医生的预约患者和他一样，也是个怪人。总之，我可得做好一直等下去的准备。”

“这……这样啊……”

所以，我到底有没有占用别人的时间呢？小萌不解。护士满面愁容，这可不是她的风格。但当小萌要离开时，她又恢复了之前一本正经的样子，冷冰冰地说道：“祝您早日康复。”

皮皮的身体相当结实，比之前的两只猫足足大了一圈。它掌心的肉球特别可爱，看上去像添加了墨鱼汁的奶油面包。它的前肢十分粗壮，胸前的肌肉也很饱满。

皮皮的毛柔软得堪比天鹅绒。乍一看是只黑猫，但仔细一看其实毛色更接近蓝灰色。它的体格精壮，耳朵又大又尖。但它长了一张小巧的脸和一个高高的鼻子。如果把它比作人的话，更像是精致又有格调的意大利男人。

“嘿嘿，不过我也没去过意大利。”小萌笑着自言自语。

皮皮在房间里优雅地踱步。它步伐稳健，没有藏到床底，也没有跳到窗帘滑轨上。不过，它也可能只是在观察周围的情况而已。和小萌比起来，皮皮显得更加机灵。它似乎对自己的力量和身姿颇具自信，骄傲的步态里尽显优越感。

小萌觉得，光是参加过专业比赛，就已经很了不起了。

皮皮喝了点儿水。食盆里是从诊所带回来的猫粮，但好像并没有勾起它的食欲。两个猫砂盆里铺着木质猫砂，一个放在浴室里，一个放在卧室的一角。小萌在照顾诺艾尔的时候，新买了一个猫砂盆，大概一千日元。因为玲央奈告诉过她，多准备几个猫砂盆有利于帮助猫排便。

“皮皮，你不喜欢这种猫粮吗？我可弄不来羊肉、马肉什么的啊。”

食盆里的猫粮，皮皮连闻都不闻一下。可能它还不饿吧。对于人来说，就算是吃惯了牛排，只要饿急了，饭团子理应也能咽下去。但以防万一，小萌还是查了一些简单的猫猫食谱。

“鸡肉和蔬菜猫也能吃吗？这个看起来倒是不难做，但是新鲜的食物应该不能放太久。”

小萌盯着手机，皮皮不知什么时候靠了过来。小萌心想，或许它对自己很感兴趣，便大胆地贴了过去。

皮皮连忙后退了几步，看来它还没有完全放松警惕。小萌只好接着搜索“猫猫食谱”，没想到皮皮又靠近了一点儿。看来，它对自己还真的挺感兴趣。

“过来啊，皮皮。”小萌把手伸向皮皮，结果它又跑开了。

就这样，小萌和皮皮周旋了好几个回合。皮皮绕着房间转了两圈，可还是和小萌保持着一定距离。

难道自己不能太主动了？

这是为什么呢？似乎只有小萌按兵不动的时候，皮皮才会贴过来。于是，她像个木头人一样定在原地。果不其然，不一会儿皮皮就走了过来，趴在了她身旁。小萌开心极了。

皮皮的后背黝黑黝黑的，毛发柔顺有光泽。细看的话，上面有一些浅浅的豹纹。小萌看得入迷——它看上去那么优雅，那么精致，就像一件高端的奢侈品。不过，那些大阪的阿姨可能会嫌弃它的豹纹还不够大胆，不够醒目。皮皮趴了一会儿后，忽然站起身，走到了猫粮旁边。它凑近闻了闻，接着一小口，又一小口，慢悠悠地吃了起来。

“太好啦！皮皮，你终于肯吃饭了。”

小萌刚松了一口气，门铃就响了起来。是龙司……

她没忘记今天是周二。小萌打开门，立刻就注意到了龙司严肃的眼神。完了，今天是躲不掉了。

龙司一进房间就看到了皮皮，它正在优雅地舔着毛发。

“小萌，你这是干什么呢？一只又一只的，之前的那只猫猫呢？还回去了吗？”

龙司到底还是误会了自己。小萌没有生气，只是感到心痛。

“我都说过了，猫猫都是一家心理诊所给我的！那家诊所很奇怪，你去了就知道了。我真的没有说谎！”

“你上个礼拜就是这么说的。但我已经查过了，根本没有这个地方。”

“那是因为……”小萌一时语塞。

龙司有些不快，但他没再多说什么。到底怎样才能让他明白呢？网上搜不到那家诊所的信息，小萌也没有什么证据。就算现在去找，也未必能找到。

可就算找不到……

“玲央奈就相信了！”

听小萌这么一说，龙司反倒惊讶地皱起了眉头。两人低头不语，谁都不愿意先开口。

“小萌……”还是龙司先打破了沉默。

“干什么？”

“猫猫也会剩饭吗？”

“啊？”

小萌抬起了头。她本以为龙司会提分手的事情，没想到他却看着皮皮说道：“我家养了只狗狗，它每次吃饭都把碗舔得干干净净的。”

龙司刚一凑过去，皮皮就跑开了。龙司蹲在猫粮盆前说道：

“它都没吃几口啊，平时就这样吗？”

“平时嘛……猫猫都是小口小口吃东西的，之前那两只也这样。”

不过，皮皮确实吃得不多。可能它就像医生说的那样，有点儿挑食吧。但龙司这样一问，小萌不禁有些不高兴，好像是自己没照顾好皮皮一样。

是，自己确实不怎么靠谱，但从来都没有糊弄过谁。只要遇到不懂的地方，她就去查，直到弄明白为止。猫猫的粪便再臭，她也不厌其烦地打扫。她不想再拖下去了，她不想再小心翼翼地看龙司的脸色了。

“因为皮皮吃惯了营养餐，不喜欢吃宠物商店卖的猫粮。这点我会想办法解决的，毕竟它现在寄养在我这里。别说这些了，我们今天干脆把话说清楚吧。你不就是想跟我分手吗？”

“什么？”

“我之前一直装作不知道的样子，但其实我心里什么都明白。你不就是来跟我说分手的吗？”

小萌破罐子破摔，一股脑儿地把心里话全说了出来。她原本还在思索有没有更委婉的说辞，但不知怎的，那些心里话就这样脱口而出。小萌不想当着龙司的面哭，她使劲眨了眨眼睛，硬生生地把眼泪忍了回去。

“什么啊？为什么突然要分手？”龙司变得一脸困惑。

怎么和想象中不一样啊……小萌也愣住了。

“因为……”

“抱歉，我最近确实有点儿冷落你，让你多想了。我就是……不知道该怎么说而已。我们单位人事调动，我下个月就要去东京了。”

龙司愧疚地说：“调去东京的话，我就没法随时来陪你了。你肯定会伤心的。”

人事调动？去东京？小萌没想到会是这样。

突然，一道黑影闪过。是皮皮！它蹲在角落的猫砂盆里，抖动着身体。

它在上厕所。小萌打算等会儿查看一下它的排泄状况，记录在猫猫手账里。

有进就有出，可谓“猫之常情”。

人与人之间也是如此。两个人的关系之所以会变得紧张，问题就出在这些日常琐事的积累上。

小萌翻出照片，把手机递给了玲央奈。

“你觉得呢？是不是有点儿少？”

“呃，确实有点儿。但怎么说呢……每天都要检查猫猫的便便，反正我是做不到。”

“我觉得吧，这个颜色和硬度都还不错，但就是量少了点儿，比前两只猫猫的都少。”

“但光看这个手账的话，它吃进去的量和出来的量也差不多嘛。可能只是这只猫猫饭量小而已吧。”

玲央奈认真地翻阅着小萌的猫猫手账。猫猫的饮食和排泄情况，小萌都详细地记录在上面。

皮皮的饭量确实不大，而且每次都会剩饭。除了猫粮，小萌还试着喂过它水煮鸡胸肉和蔬菜，但皮皮都不肯吃。自己给猫猫做的饭没法一直在外面放着，所以小萌上学之前，会在皮皮的碗里倒一点儿猫粮。

“我总感觉它比刚来的时候瘦了。”

“猫猫突然换了个陌生的环境，本来就容易吃不下饭。而且，又不是说饭量越大就越好啊。皮皮是下周二还回去，对吧？你就先这么喂着吧！它吃也吃了，拉也拉了，应该没问题的。”

小萌接过猫猫手账。今天是星期五。最近她经常在午休的时候，让玲央奈帮忙研究猫的“便情”。这已经成为她们的默契了。

小萌不会轻易给别人展示她拍的猫的粪便，但玲央奈除外。这份毫无顾忌的真诚，是基于她们之间的相互信任，还是基于玲央奈的人品呢？

总之，当时玲央奈选择了相信小萌。所以有些事情，小萌也只愿意说给玲央奈听。但她和龙司之间，好像从来没有过这种默契。龙司太顾及小萌的感受，所以向她隐瞒了工作调动的事情。

“猫猫当然重要，但你男朋友也很重要啊！要是他真的调到东京去了，你们平时想见上一面可就难了。”

“是啊……龙司的休息日还是在周中。别说一周一次了，一个月见一次都很难。他怕我一个人会寂寞，所以才迟迟没有告诉我。”

“这是哪门子道理呀！我看耐不住寂寞的是他吧，总让自己的女朋友逃课陪他。”玲央奈生气地说。

是小萌让她产生了误解。小萌觉得自己很过分。

“对不起啊，玲央奈。不是龙司，是我。”

“什么？”

“是我想和龙司待在一起，所以才逃课的。他也知道我太依赖他了，所以才一直没告诉我工作调动的事情。他就是怕丢下我一个人，我压力太大，可能会生病。其实，我之前反复去那家诊所也是因为他。”

那些因为误会产生的小情绪，一旦郁结于心，就会演化成更大的烦恼。现在，小萌十分后悔。要是一开始她发现龙司不对劲的时候，就去找他问清楚，那就不会有这么多烦心事了。

所以，一味地逃避，并不能解决问题。

“我明白啦。”玲央奈点了点头。

“那你男朋友还挺不错的嘛！之前你说对他一见钟情，我还认为他只是空有一副皮囊而已呢。是我草率啦！应该我向你道歉才对。”

“不不不，这不怪你，是我让你误会了。有你给我撑腰，我心里更踏实了。玲央奈……能跟你聊天真好！我很开心，谢谢你……”

“哎呀哎呀！这么肉麻的话，我可说不出口！”玲央奈不好意思了。

“还有，别再给其他人看猫的便便了！也就是我，别人可受不了！”

“知道啦！”

“对了，我又想起来一件事。皮皮不好好吃饭，会不会是因为运动量不够？孟加拉豹猫应该很喜欢运动的。”

“运动……”

小萌突然有了头绪。和前两只猫比起来，皮皮确实安静得多。

“小萌，你可以多陪它玩玩，或者带它出去遛遛呀。”

“但每次我一靠近它，它就跑了。”

“猫猫就是这样的，你得打破这种距离感啊。你家有猫猫的玩具吗？什么样的都行。没有的话，咱们一起去挑一个怎么样？”

“好呀好呀，我们这就去！”

“这么积极啊！”玲央奈爽朗地笑了起来。

小萌不知道这个月已经来了多少趟宠物店。看着琳琅满目的商品，她不再感到眼花缭乱了。

小萌打开公寓的门，皮皮一步一步优雅地走出了卧室。尽管是一位“绅士”，它却更像一位披着黑亮王袍的“女王”。

家里有一些不能让猫碰的物品，小萌把它们全都收了起来。这样，皮皮就可以自由进出客厅了。六岁的皮皮，性格已经趋于沉稳，家里的窗帘和床单至今完好如初。

“皮皮，真乖。”

小萌向它伸出手，皮皮又停住了。小萌想起来，自己不能主动，要等它过来。

于是，小萌掏出了刚买的猫玩具。细长的杆子上垂下几条五颜六色的绳子。当时宠物商店里摆满了各种各样的玩具，有电动抱枕、会发光的球……每一个看起来都很好玩，但玲央奈说，“大道至简”，她们便挑了最简单的逗猫棒。

小萌弯下腰摇晃逗猫棒，吸引了皮皮的视线。那紧追不舍的眼神，一看就是对逗猫棒产生了兴趣。

这个绝对能行！

小萌左右摇晃逗猫棒，一步步缩短了与皮皮的距离。皮皮睁大眼睛，紧紧追踪逗猫棒的动向。绳子马上就要碰到它的鼻尖，皮皮迅速伸出双爪，扯住绳子的前端。然后咬住绳子，把逗猫棒从小萌手里抢走，拖到远处去了。

仅仅用了几秒，玩具就被抢了过去。

皮皮仰面躺着，对绳子又扯又咬，玩得不亦乐乎。但它身体运动的幅度并不是很大。

“哈哈……还好我早有准备！”

小萌又从包里拿出了两个其他的猫玩具。

“怎么样？双重逗猫棒来了哟！”

小萌两手握着不同的玩具。皮皮似乎看呆了，绳子从嘴里掉了出来。

“来吧！啊哈——”

随着呼喊声，小萌同时摇晃起两支逗猫棒。皮皮瞬间耸肩缩身，飞扑过来。它同时向两边伸出爪子，简直像在举手欢呼。但是，要同时抓住两边的逗猫棒，是不可能的。皮皮迅速洞察了状况，转身去抢夺其中一支。小萌也不甘示弱，她一会儿将逗猫棒抛远，一会儿又扯近，一会儿高举，一会儿又把它拖在地上。

“嘿！喝！啊！哈！”

小萌激动地叫喊着，全神贯注地沉浸在游戏中。皮皮终于抓住了一边的逗猫棒，但小萌早有预料。她放开了手，趁皮皮不注意时，捡走了刚刚的玩具。皮皮被小萌出其不意的动作吓了一跳。

皮皮的表情，时而震惊，时而愤怒，时而愉悦。它已经全身心投入这场游戏之中。

一人一猫玩得不亦乐乎。逗猫棒在不知不觉中已经变得破破烂烂。皮皮还叼走了一根，用力抓咬着，像是要一解心头之恨。小萌筋疲力尽地坐在地上。已经过了傍晚时分。

“糟了，晚饭！鸡胸肉还没煮！”

小萌打起精神站起来，走进厨房煮鸡胸肉。她正犹豫要不要把鸡胸肉混进猫粮里，转过头却看到了令人震惊的一幕——皮皮把头埋在碗里，狼吞虎咽地吃着猫粮。

“等……等一下啊！鸡胸肉！鸡胸肉还没加呢！”

小萌慌忙将煮好的鸡胸肉沥水放凉，撕成丝状，加进了猫粮中。看着大快朵颐的皮皮，小萌这才松了口气。

好开心啊。但也真的很累……

不知不觉中，小萌迷迷糊糊睡着了。一阵门铃声将她惊醒，是龙司来了。小萌赶忙打开了门。

“龙司？怎么了？”

“小萌，你的头发怎么乱乱的？”

“啊，我刚才……先不说这个了。今天是周五，你怎么来了？周末不是要忙着陪客户吗？”

“嗯，但是我有事想跟你聊聊。那个……我们……”

“等一下！”

小萌迅速打断了他。是皮皮——它刚从房间一角的猫砂盆里走了出来。两个人蹑手蹑脚地凑到猫砂盆边，向里面看去。这一次，是超级大的一坨猫屎，是平时的好几倍大！上面还全都盖好了猫砂。

“这么多……皮皮，你可真棒！”小萌的脸上写满了惊喜。

她看向龙司，说道：“龙司，快看啊！这么多！还都是优质便便！”

“呃……嗯嗯，是啊。是挺多的！不错不错。”

他们开心地看着皮皮埋在猫砂下的“战果”。

即便是小情绪，也不能忽视。如果憋在心里，不尽快解决，说不定会变成更大的烦恼。小萌感受到了龙司的视线，转过了头，看见龙司笑眯眯地看着自己。

“我们……一起加油吧！”

“嗯嗯，一起加油吧！”

小萌点了点头。“有进有出”看似很简单，但其实并不是一件容易的事。小萌下定决心，要努力做到。

皮皮安静地趴在箱子里。

小萌坐在诊室里，一边等待医生，一边回想这三周的经历——房间里一片狼藉，猫毛乱飞，猫砂四溅。每只猫猫都让她煞费苦心。

白色的帘子被拉开后，医生带着微笑走了进来。小萌刚想说什么，医生就拿起箱子，把脸凑到了箱门边。

“喵，怎么样？玩得开心吗？是吗？那可太好了！喵喵……千岁护士，把猫猫带走吧。”

护士进来就拎走了箱子。

就这样，皮皮从房间里消失了。医生看着呆愣愣的小萌，笑着问道：“您感觉怎么样啊？”

医生轻快的笑容中带着几分温柔。离开皮皮让小萌感觉有些寂寞，但她已经不再迷茫了。

“就算是异地恋，我也会努力坚持下去的！”

“那就太好啦！预约的病人还在等着呢，时间差不多啦。”

“那个……”小萌慌张地说道。虽然她不想耽误下一位病人的时间，但有些问题她实在忍不住想问。医生依旧面带微笑，歪了歪头回应道：“怎么了？”

“前一阵子，我和朋友一起来找过您的诊所，可怎么找都没找到。”

“哦哦……京都的街道嘛，本来就乱七八糟的！一会儿向南，一会儿向北，一会儿向西，一会儿又向东的。看着都是正南正北的，但其实难找得很呐！”

“可是，我们那天在这附近绕了半天，都没有找到。今天我一来就找着了。”

“那就是缘分啦！缘分到了，自然水到渠成咯。”

医生的语气依旧平淡，没有一丝波澜。但有一瞬间，小萌捕捉到了他脸上的一抹坏笑。医生笑得，就像做恶作剧的小孩子一样。

“不过，您可不要和外人透露我们这里的信息呀！比如这里的地址啦……您可千万别告诉别人，我们诊所就在中京区麸屋町大道，富小路街道附近。还有，千万别跟他们说‘这家诊所可好啦’之类的话，更不用特意帮我们宣传！根本用不着的。我们的患者，现在已经人满为患了呢。”

这时，帘子唰地一下被拉开了，护士怒气冲冲地瞪着医生。

“米奥医生！别以为我听不出来你话里的意思！要是消息传开了，到头来麻烦的还不都是你！也不看看你平时打瞌睡的模样！真是的。”

“我怎么可能打瞌睡呢！嘻嘻——”

“哼！”

护士狠狠地瞪了医生一眼，又气呼呼地把帘子拉上了。小萌愣在原地，一句话也不敢说。

“啊哈哈……我们家护士就是这样的坏脾气。好啦好啦，祝您一切顺利！”

“那……那个……”

“嗯？还有事吗？”

“这个……”小萌拿出了猫猫手账，“这个还给……”

“啊！这个就送给您啦！以后您要是再遇到什么烦心事，就拿出来看看吧。想想颜色啊，形状啊之类的。”

“颜色？还有形状？”

“还有气味，嘿嘿。祝您一切顺利。”医生温柔地笑了。

小萌走出诊室。路过前台时，护士还是板着脸。她看向小萌，说道：“请多保重。”

“谢谢。”

小萌离开诊所，走出了这栋楼。脚下的地面湿乎乎的。透过楼和楼之间的缝隙，隐约可以望到头顶上遥远的天空。这不是梦，一切都是真实发生的。

如果以后再遇到烦心事，自己还能再来这家诊所吗？一想到这里，小萌有点儿不舍。但她知道，自己不能逗留太久。肯定还有别人，也在苦苦寻找这个地方。小萌径直向大路走去。尽管，她早就忘记了这条大路的名字。

京都的街道看似整整齐齐，其实却很容易让人迷失方向。

# 故事 二

猫を処方いたします。2

## 一次奇妙的寻猫经历

# 中京心灵诊所

## 【处方笺】

来访者姓名：里中达也　　年龄：78　　性别：男

身份：失去挚爱伴侣的老人家

症状：因老伴儿离世而消沉

【处方猫】

| 品种 | 性别 | 年龄 | 姓名 |
| --- | --- | --- | --- |
| 缅因猫 | 雌性 |  | 美智子 |

医生：米奥　　护士：千岁

“爸，是这样的。咱们社区的负责人，他女婿公司的老板有个朋友。这个人的老伴儿去世后，他就去了这家诊所。这也不是什么丢人的事。看病嘛，越早去越好啊，可别耽误了！”

达也的耳边传来一阵中气十足的声音。这声音来自儿媳妇步美。从年轻时起，步美就是这种坦率直爽的性格。如今，达也功成身退，儿子接替了他的位置，成了家庭的顶梁柱，儿媳步美也为家里贡献了不少。

“话是这么说……但我都这把年纪了，还去什么心理诊所呀……算了吧！”

里中达也缩着肩膀，显得相当萎靡。说完，他重重地叹了口气。

几年前，达也的家里还十分热闹。那时候，妻子芽衣子还在。儿子、儿媳妇，还有他们老两口都围着孙子隼人转。但温馨的时光并没有持续多久。半年前，妻子芽衣子去世了。儿子一直忙于工作，步美白天也要出门打零工。孙子隼人逐渐长大，开始一天到晚宅在屋子里不出来。

现在，达也每天都窝在二楼的房间里，只有吃饭的时候才会下楼。但一吃完，就又回到二楼。两点一线成了他的日常。

达也有高血压、高血脂，上了年纪的人就是容易得这些慢性病。再有就是，他五十多岁时做过一次疝气手术。除了这些，达也还算是个健康的老人。所以，他窝在家里，并不是因为身体不好。

“可是……爸，自从妈去世后，您几乎就没出过门了。”

“谁说的?！这不前阵子，我还去社区开会了嘛……”

“那都是上上个月的事情了。您至少得出去散散步吧？不然，这样一直待在家里的话，腿脚都不灵便了。您就试试吧！刚才跟您说的那个人，他就是在中京区的什么诊所治好的。很简单的，好像就是去让医生看看，开个处方之类的。总之，现在您天天让自己闷在家里，郁郁寡欢的，我们看着也担心呀！咱家已经有一个宅男了！”步美瞥了一眼二楼。

既然如此，那还不如让隼人去试试那个处方。

达也已经有点儿弄不清楚，自己该如何面对十七岁的孙子。小时候的隼人聪明机灵，但不知道从什么时候开始，这孩子变得喜欢躲在房间里，话也少了很多。达也对隼人当下的情况也不太了解。步美虽然乐观，但也忍不住为隼人的事操心。

“爸！您就去一次吧！就当是打发时间了。”

“好吧好吧……那个诊所在哪儿啊？”

“稍等一下……社区负责人给我写了地址。”步美拿出了一张小纸条。

“京都市中京区，麸屋町街往北，六角街往西，富小路街往南，蛸药师街往东……对，就是这么写的。”

“那是个啥地方啊？我听都没听说过。”

“我也不太清楚，反正应该就在那一带。坐公交车就能到，您不是有免费的敬老卡嘛。”

步美有些强势，但达也理解，她也是看自己总不愿意出门，是对公公的担心。儿子之前也劝过自己，让自己去看看心理医生。这件事说不定也是他们夫妻俩商量好的。

确实，家里已经有一个宅男了，还是不要再多一个了。

为了让儿子和儿媳放心，达也终于还是决定去一趟中京区的那个什么诊所。

眼前是一栋又窄又深的杂居楼，从楼门口可以看见里面的楼梯。达也不禁打了个冷战。

周围都是些居民楼，但他没费什么力气就找到了这里。这栋楼有五层，竟然连个电梯都没有！

达也走到走廊尽头，抬头看了看。这是常见的对折式楼梯，每层楼中间都有个平台。

看着眼前的楼梯，达也心里打起了退堂鼓。明明几年之前，自己还能很轻松地爬上五楼。

不行！现在放弃的话，岂不是等于承认自己老了、不中用了？

达也深吸一口气，准备开始爬楼梯。但他刚爬到三楼的平台，就一点儿力气都没有了。他没想到自己的体力已经这么差了。

“这……这可有点儿……吃不消啊……”

双腿已经动弹不得。达也只能等体力恢复一些后再慢慢上楼。他对自己的体力感到失望，不禁低下了头。

“怎么啦，老人家？您没事儿吧？”

达也吓了一跳。一个男人从二楼走了上来。男人穿着一件花衬衫，皮肤晒得黝黑。他说话时表情有点儿夸张，看起来不太靠谱。男人快步来到了达也的身旁，热情地问道：“大爷，您要去几楼呀？”

“我去五楼。”

男人突然双眼放光，激动地说道：“五楼？！那您不就是我们的客户嘛！五楼只有我们一家公司。我就是守护日本国民健康的男子汉——椎名彬！”

“啊？”

难道他在那家诊所里工作？达也听完了这段莫名其妙的自我介绍后，更觉得诊所不靠谱了。

“老人家，我背您上去吧！”

“不用不用，这怎么好意思……”

“您别客气！多亏了我这条磁疗项链！别看我都快四十岁了，但我这体格，跟二十来岁的小伙子一样！”

说着，这个叫椎名的男人开始展示起他胸口那条粗粗的银色项链。

不妙……这个人也太能扯了吧……他们诊所的疗法，不会也是用这条链子吧……还是别和这样的人扯上关系了。

可是，这个时候，椎名已经蹲了下来，用后背对着达也。椎名是个大块头，楼梯中间的平台又那么小，被椎名堵得严严实实。看样子是没办法拒绝了。达也断定，椎名肯定要强买强卖。但也没有别的办法了，只能让他把自己背上去。椎名晃也不晃一下，就轻松背起了达也，开始爬楼梯。

“老人家，您今年高寿啊？”

“七……七十八了。”

“那您还得再加把劲啊！想要长寿，身子骨就得健康！我最近总是能看到那种保健广告，看着就不靠谱！但您放心，我们的磁疗项链，可是货真价实！戴上这个爬楼梯，简直是健步如飞啊！而且我们还送三年保修呢。您看，您来都来了，要不就买个质量最好的？手续费的话，我可以给您打折！”

椎名喋喋不休地说了一路，一口气把达也背到了五楼。到了五楼，椎名连大气都不喘一下，这的确让达也很是佩服。

五楼也和下面一样昏暗，走廊两侧是一扇扇老旧的金属门。椎名兴奋地走到走廊尽头，打开了房间的门。门牌上赫然写着“日本健康至上安全协会”。显然，这不是达也要找的地方。

“你们这里不是诊所吧？”达也问道。

椎名的笑容消失了。他有些不耐烦地说道：“怎么又是诊所？怎么都……您是从哪儿听说的？”

“从哪儿……就是社区的一个朋友的朋友……的朋友跟我说的。”

“是叫心灵什么什么吧？”

“对对！就是叫什么心灵，还是心灵什么诊所来着……”

“这层楼只有我们一家公司。不知道为什么，总有人把我们这儿当成什么心灵诊所。您说的那个心灵诊所，很多人都说在我家公司隔壁。但那其实就是个空房子啊，去了也没人的！”

“这样吗……”

达也皱起了眉头。难道是传闻有误？还是说，那家诊所已经关门了？椎名看着疑惑的达也，把手伸向了隔壁的门把手。

“您看！我就说是锁着的吧？其实这个房子有点儿邪……”突然，椎名变了脸色。门把手竟然能转动。

“啥？！竟然没锁？忘锁了吗？”

椎名又开始去抓门把手，他看起来非常吃力。

“哎哟！好沉啊！”

椎名两手抓着把手，双腿也开始发力。他手臂上已经青筋暴起，但门却还是丝毫未动。

“开什么玩笑！我可是守护日本国民健康的男子汉！一扇小破门，我怎么可能打不开！呀啊——”

椎名的喊声回荡在走廊里。门终于打开了。椎名瘫坐在地上，用身体的重量抵住了门。

“怎么样，老人家？这就是我们磁疗项链的力量！”

椎名的呼吸有些急促，却依旧自信满满地笑着。达也探头看向了房间。里面有些昏暗，但看上去很整洁。前台的小窗口里一个人也没有。

“果然！这确实是家诊所。”

“哦？”

椎名坐在地上，扭头朝房间里面看了看。他惊讶地张大了嘴。

至于吗……真是个夸张的男人……达也向椎名道谢后，走进了房间。他原以为椎名会跟着自己进来，结果他张着嘴愣在原地。椎名有些胆怯地耸了耸肩，默默关上了诊所的门。

正好，省得跟他那奇怪的项链周旋了。

“砰——”身后传来了关门声。

“啪嗒啪嗒——”紧接着传来一阵脚步声。一位护士穿着拖鞋走了出来。这是一个皮肤白皙的年轻女人。

“您有什么事吗？”

“请问，这里是……什么什么心灵诊所吗？”

“什么？”护士皱着眉头说道，“这里是中京心灵诊所，不是什么什么心灵诊所。”

护士似乎对这种敷衍的说法很不满意。但不管怎么说，这里应该就是自己要找的诊所了。达也无奈地笑了笑。

“不好意思，是我没有说清楚。我没有预约，请问现在可以看病吗？”

“您是患者对吧？那请进吧。”

太好了，没白跑一趟。达也松了口气。就算只是来随便看看，回去之后也能跟步美交差了。达也走进了诊室。一位穿着白大褂的医生掀开帘子，走了出来。他看起来是一个温和的男人。

“您好！您是第一次来我们这儿吧？您是从哪儿听说我们诊所的呀？”

“怎么说呢……”刚才椎名似乎也问过这个问题，“是一个朋友的朋友的朋友介绍的，我儿媳妇一定要让我来看看。”

“这样啊。其实我们这里本来是不接收新患者的。不过嘛，既然您是其他患者推荐过来的，那我们就破个例吧！您的姓名和年龄是？”

“里中达也，七十八岁了。”

“您哪里不舒服呢？”

“嗯……半年之前，我老伴儿突然离开了。从那之后，我对什么都提不起兴趣，每天窝在家里。其实我倒是无所谓，就是儿子和儿媳妇一直很担心。”

“原来如此啊。”

“我孙子也是。但他才十七岁，就成了个夜猫子。而且他整天宅在房间里，晚上光玩电脑，也不知道有没有好好上学……虽然我这个样子也没资格说他，不过再这样下去，他以后就要完蛋了……”

这么说来，家里的问题确实挺严重的。但医生的表情让达也有些意外——他竟然漫不经心地笑了。

“夜猫子不也挺好的吗？晚上可比白天有意思多了！”

“有意思？”

“对呀！晚上很安静，很适合去觅食。而且，晚上反而能看得更清楚。”医生兴致勃勃地说道。

达也疑惑地歪着头。

他在说什么？是自己幻听了吗？难道这就是医生的建议吗？

医生转向电脑，开始敲打键盘。

“以防万一，还是用猫猫处方治疗一下吧！千岁护士，带猫猫过来！”医生朝帘子那边喊道。

下一秒，前台的护士就走了进来。看到她怀里抱着的东西，达也吓了一跳。

那是一只黑白相间的大胖猫，护士根本抱不住它。猫的四条腿绷得直直的，一张大脸埋在了护士的怀里。它脸上的肉肉挤在一起，尽显窘态。

“米奥医生——快！快来接一下！实在太沉了，我要抱不住了！”

“来了来了！啊哈哈哈——”

医生笑着从护士手里接过这只肥猫。他像抱孩子一样，把猫的头搭在了自己的肩上。

“哦哟——真沉啊！它多少斤了？”

“我哪知道啊！医生，这么沉的猫，下次还是你自己来拿吧。”护士有些生气地说道。她白皙的脸涨得通红，看来那只猫猫实在分量不轻。

“肯定是你平时太惯着它了，才让它吃成这样……这个项圈会不会断啊？”

医生只是轻轻拍着猫屁股，笑着说道。护士怒气冲冲地走出了房间。

达也还是一脸茫然。他第一次看到这么大的猫。医生抱着猫，猫宽大的后背朝着达也。它洁白的毛上点缀了一些黑色的斑点。它的毛很长，看上去就像一块厚厚的毛毯。

它到底有多重呢？达也惊讶地望着这只猫猫。

医生嬉笑着说道：“它是缅因猫，混血。本来个头就大，再加上它吃得饱，睡得好，所以更肥了！不过这样正好。让我来看看，放在哪儿好呢……”

医生晃动了一下肩膀，调整了抱猫的姿势。即使是三十岁的男人，想抱起这只猫，也并不轻松。

得有十公斤吧！说不定更沉。医生抱着猫站了起来，他贴着狭小诊室的墙壁，绕到了达也身后。

“那就……肩膀上吧！”

“啊？”

还没等达也反应过来，猫就蹿上了他的肩膀。达也顿时被猫的重量压弯了腰，他的脸直接贴到了自己的大腿上。

“啊——疼疼疼！”达也挣扎着说道。

“嗯？不是这儿吗？”

突然，达也感觉后背上的重量消失了。

达也吓得连眼睛都不敢眨一下。这只“庞然大猫”差点儿把自己的老腰给压断！医生抱着猫站在一旁，怀中的猫像个松垮的大麻袋一样，耷拉着两只后腿。

“您感觉疼痛的地方，其实没什么问题。是因为受到了其他部位的牵扯，那里才会疼。所以嘛……与其把猫猫处方敷在疼痛部位，倒不如‘敷’在其他地方！”

“把猫猫……‘敷’在身上？”

这医生在说什么啊？他又要干什么？达也提心吊胆地观察着医生。

医生走到达也面前，把猫放在了他的大腿上。

“来！请抱稳哟！”

“别……别……等一下！”

医生已经松开了手，丝毫没给达也拒绝的机会。猫一屁股坐在了达也的腿上。它柔软的身体瞬间失去平衡，歪向一边，看起来像个对折的坐垫一样。达也慌忙用双手抱住了猫。

“啊——这……不行了！”

它要掉下去了！它要掉下去了！

达也使出浑身的力气，提着这只大猫。

以前老伴儿还在的时候，家里总是热热闹闹的。那时候，达也还参加过社区举办的捣年糕比赛。用杵和臼打出来的年糕，要比机器磨出来的年糕软糯得多。流体一样的年糕，一拿起来就会从指缝里漏下去。当时达也托着年糕，生怕把它掉在地上，这副狼狈的样子，引得周围人哄堂大笑。

就是这种感觉——手中的猫就像是年糕！刚捣好的年糕！

当时是怎么做的来着？

猫已经开始东倒西歪。这样下去可不行！得像医生刚才那样，让猫趴在自己怀里。

达也搂紧了手里的“大麻袋”，他慢慢翻动猫咪肥硕的身子，终于勉强让它趴了下来。

达也用双手托住猫屁股，把它的头靠在自己的胸口。它一声不吭，丝毫没有反抗的意思，任由达也摆弄。

怎么会这样呢？刚才它差点儿从自己怀里滑下去，应该是害怕了吧。但它看上去还是安如磐石，一动也不动。猫这种生物，到底在想什么呢？

不过，达也总算稳住了它。他长舒了一口气。

“怎么样？是不是感觉麻酥酥的？”医生坐在达也对面，笑着问道。

麻酥酥的？像正骨医院里，贴在腰上的那种按摩垫带来的感觉吗？达也疑惑地摇了摇头。

“那……有没有感觉暖暖的？”

“暖暖的……”

好像是有一些。尽管隔着衣服，达也还是感受到了猫的体温。

这只猫不仅体型大，毛也很长。就连两只三角形的小耳朵，里外都长着纤长的毛发。耳尖的一撮毛，就像毛笔的笔头一样。

达也原本以为，猫的耳朵只有薄薄的皮肤。这样凑近一看，原来它的耳朵和自己的一样，周围还长着细密的绒毛。

不，还是不太一样的。猫耳朵上的毛，看起来更加柔软。

达也没想到，自己居然就这样被猫猫“萌化”了。

猫就是这样一种生物吧，能给人温暖，甚至连耳朵上的毛都格外可爱。

达也点了点头。

“那就先这样抱一会儿吧！您是……什么情况来着？半年前，您妻子去世以后，您就对生活失去了兴趣。然后暴饮暴食，成天发牢骚，爱在网上跟人抬杠，乱按别人家门铃，随地乱扔垃圾？”

“等……等一下！”

医生越说越离谱。

“这都什么跟什么啊！”

“嗯？不对吗？您的妻子不是在半年前去世了吗？”

“这确实是。我老伴儿突发脑出血，好好的人，说没就没了。她走得太突然了，怎么说呢……我总觉得她好像还在我身边，就像以前一样。”

“其实您很不习惯吧。没有了她，生活变得乱糟糟的。”

“嗯？原来你都明白啊。”

医生微笑着说道：“逝者已逝，活着的人却要带着痛苦过完余生。您一时接受不了，也是很正常的。大家都觉得，宅在家里是件坏事。要我说的话，这有什么不好呢？想在家窝着，就在家窝着呗。”

“但有的人窝在家里，可不是因为自己喜欢。呃……虽然我确实是喜欢赖在家里，但其实有很多人想出门也出不了呀。”

“是因为门锁上了吗？”

“啊？”

“他们不出门，是因为门锁上了吗？”

医生温柔地笑着，但他的笑里看不出一丝情感。达也不禁打了个冷战。怀里的猫似乎察觉到了什么，抬起头来看向达也。

达也这才发现，猫的脖子上戴着一个粉色的项圈。它长长的毛发和脖子上的肉，把项圈挡得严严实实，难怪自己没有注意到。项圈已经有些掉色，看上去很旧了。

刚刚护士说过，这只猫太胖了，连转头都困难。项圈勒得这么紧，不会有危险吗？

“这只猫猫……我不太了解猫猫，但是它的项圈是不是太紧了啊？它不会难受吗？”

“嗯？我看看。”医生猛地向前探出身子，几乎要钻到达也怀里。

“啊！还真是的！估计它都要喘不上气了。我这就拿下来！”

医生说着，把手伸进了长长的猫毛里。他动作十分熟练，简直像宠物医生一样。这是一个普通的针扣式项圈。医生轻松解下皮带扣，将项圈摘了下来。猫的脖子已经被勒出了红印。

它疼不疼啊？猫甩了甩头，蓬松的毛发披散开来，再次遮盖了项圈留下的痕迹，它又恢复了那副淡定的样子。

“它好像一点儿都不讨厌项圈啊。是不是早就习惯了？”

“猫猫根本就懒得去讨厌什么东西。这才是真正的‘怕麻烦’啊。”

“这样啊……”

医生的话有种奇妙的说服力。和这只猫相比，自己已经算得上积极了。达也想，我要是它的话，早就自己坐好，肯定不会乖乖任人摆弄。

达也觉得自己的腿已经麻了。腿上这只“巨无霸”肯定不止十公斤。

“医生……我的腿有点儿累。”

“是那种麻酥酥的感觉吗？”

“那倒不是……是沉甸甸，我的腿已经被压麻了。”

“啊哈哈哈——对了，您的孙子是什么情况来着？如果他要当夜猫子，最好在眼睛里装个反光板！这样在晚上也能看清东西啦。哪怕只有一点点光，也能反射出来哟！看得很清楚的。当然，要是稍微亮一点儿，肯定更好啦。您去跟您孙子说说吧，效果确实不错啊！”

这个医生是认真的吗？达也感觉自己被耍了。

还是说，这是什么新型疗法？

达也还是一脸认真地回答道：“不行啊。我孙子平时要戴隐形眼镜，装不了……反光板啊。”

“哎呀！太可惜了……那个真的特别方便。很多人都觉得晚上出门不好，其实大错特错啦！晚上的话，不相干的东西通通看不见，人只能留心看到真正重要的东西。就像走夜路的小猫一样，只需要一点点光就够了。”

“一点点光……”

“您的孙子身边一点儿光亮都没有吗？一点儿都没有？是一片黑暗吗？”

达也不知道该如何回答。

隼人的周围是一片黑暗吗？如果真是这样，他这个当爷爷的又能做些什么呢？人能像猫一样，只靠微弱的光亮走下去吗？达也低了下头。

猫的眼睛真是不可思议。明明是球体，却像水一样通透。

“猫猫的眼睛，可真像水晶豆沙包啊。”

“噗——水晶豆沙包？”医生笑出了声，“像水晶豆沙包吗？我还是头一回听人这么说。是那种亮晶晶的东西？好吃吗？”

“嗯嗯。是一种透明的点心，里面裹着红豆馅。反正……我很喜欢。”

达也俯下了身子。他的腿已经彻底没有知觉了。

“真不行了……能把它拿走了吗？”

“确实差不多了！感觉松快点儿了没？”

完全没有！两条腿简直像灌了铅一样。

但如果实话实说，不知道医生还要怎么折腾自己。

达也只能忍痛点了点头，医生终于把猫抱了起来。猫的温度就这样从达也的腿上消失了。不过，没有了压力，刚刚受阻的血流瞬间直冲血管。达也难受得直咧嘴。

“好啦，你也辛苦啦！千岁护士，把猫猫带走吧。”

医生话音刚落，帘子就被拉开了。护士双手抱起猫，吃力地走了回去。

双腿的麻木，让达也暂时动弹不得。他咬牙忍耐着。感觉好一些后，达也抬起了头——医生居然坐在那里，张着嘴睡着了！

“医生？”

达也怎么都叫不醒医生。可能是因为鼻塞，医生还微微打着鼾。这样的医生，达也是第一次见，还有这种诊所、这种疗法，都是头一次遇到。

达也慢慢站起身，他的膝盖还是难以弯曲。没办法，他只能一步一步地挪出了诊室。终于，他走到了前台。但这里根本没人。

太过分了！这种破地方，鬼才来呢！

他缓慢地转过身，正打算离开。这时，护士突然从前台探出了头。

“您忘记东西了。”

护士说着，把一个项圈递给了达也。是刚刚那个破旧的粉色项圈。

达也眨了眨眼，连忙否认道：“不不，这不是我的。”

“就是您落下的哟。”

“这是刚才的……”

“是您落下的。”

“是刚才那只猫的……”

“是您落下的。”

护士的语气十分冷淡。她丝毫没有把项圈收回去的意思，还不停用犀利的眼神给达也施压。

什么破诊所！

达也颤抖着接过项圈，迅速把它塞进了口袋。如果再磨蹭一会儿，说不定又要来上一贴“猫猫膏药”！他慌忙打开了门，离开了诊所。门关上的那一刻，达也身后传来护士的声音——“请多保重。”

“哎哟——疼疼疼！”已经第二次了。

达也从床上弹了起来，扳着左脚的脚趾。

“怎么又抽筋了……哎哟——”

刚才是右腿，这回是左腿。达也反复从睡梦中惊醒。他一边揉着小腿，一边咬牙切齿——绝对是因为那只猫！都怪那只胖猫，在自己身上趴了那么长时间！这下可好，本来晚上血液循环就不通畅……达也感觉自己的每个肌肉细胞都在“哀号”。虽然现在腿没有那么疼了，但还是感觉麻麻的。

“这样可不行。”

达也随便披了件衣服，就走出了房间。再不走动走动的话，下次说不定两条腿就要一起抽筋了……客厅亮着灯，隐约还能听见电视的声音。虽然现在才九点，但对于老年人来说，这个时间去散步已经算晚了。为了不让儿子和儿媳担心，达也悄悄地走出了家门。

天空黑漆漆的一片。路灯矗立在路旁，星星点点的光照亮了街道。

这片住宅区没有红绿灯，即使是白天，也很少有车辆经过。芽衣子还在的时候，夫妻俩经常在傍晚一起散步。不过傍晚的光线不太好，总是看不清周围的情况。等到夜幕完全降临，外面反而显得更亮了一些，看东西也不那么费力了。

达也已经好几年没有晚上出门散步了。不过附近都是他熟悉的路，倒是用不着担心。过一会儿，他的腿应该就能放松下来了。与其去那个不靠谱的诊所，还不如晚上出来走走呢。既能适当活动活动，也能换换心情。起码，晚上散步不会让人想起不愉快的事。

达也在一条大路上停下了脚步。这条路笔直地通向远方，路上却空无一人。

啊，原来是这里啊！

他和芽衣子曾经慢悠悠地走在这条路上。他们默契地保持着沉默，也没有刻意去欣赏两旁的风景，因为这风景，已经写进了他们每天的日常。

风景未改，却物是人非。他无法接受老伴儿已经离去的事实。原本是两个人肩并肩散步，如今却变成了一个人孤独徘徊。生活中周围的人总是投来怜悯的目光，这也让他感到无比抗拒。

这种感觉越来越真实——芽衣子确实已经走了。

达也在原地站了一会儿。他正打算转身回去，突然发现身边立着一个公告栏。

这是每个社区都有的公告栏，上面贴着社区的通知和宣传海报。在路灯的光亮下，他看清了上面的内容。他盯着其中一张告示，陷入了沉思。

“爷爷？”

突然，耳边传来一个熟悉的声音。居然是孙子隼人。他正骑着自行车。

“爷爷，您在这儿干什么呢？”

隼人从自行车上下来，朝达也走了过来。他戴着耳机，背了一个大书包，手里还拿着手机。看样子，他应该是刚回来。

“倒是你啊！这是干什么去了？”达也问道。

“我放学回家啊。爷爷，您怎么这么晚还在外面啊？很危险的。”

隼人满脸疑惑地问道。他稚嫩的语气听起来，还是像个孩子一样。虽然祖孙二人每天都会打声招呼，但他们已经很久没有好好说过话了。

“学校？这个点儿还上学？”达也继续问道。

“是啊。我在上夜校啊。”

“什么时候的事？”

“早就开始了啊。”隼人依旧充满疑惑。他的目光移向了那个公告栏。

“这是什么啊？您看什么呢？”

“啊，你看看这个公告栏。隼人，这张告示是什么时候贴上去的啊？”

“我也不知道。我都不知道这儿还有个公告栏。”

隼人凑上去，仔细看了看。“是找猫的告示啊。怎么了？”

“嗯。”达也站在隼人旁边，盯着那张纸。

这是一张寻猫启事。上面的信息是手写的，猫的图片也是直接贴上去的。就算是达也这个岁数的人，也觉得告示制作得太过粗糙了。告示上还留下了猫主人的名字和电话号码。

“爷爷，您认识这个主人吗？”

“嗯，但也只是打过几次照面而已。我只知道他们的名字，是隔壁社区的渡边夫妇，年纪比我小一点儿。”

“哦哦。不过，要是想找猫的话，怎么不把信息发到网上呢？可能是他们不知道怎么弄吧……贴在这种公告栏上，谁会来看啊？”

“怎么没有？我们这不就看到了嘛。”

“呃……”

“我见过这只猫。”

达也可以肯定，这就是中京心灵诊所里的那贴“膏药”——把他的腿给坐麻的那只胖猫。愁眉苦脸的表情、黑白相间的花纹、长长的毛发……和照片一模一样。照片里的“膏药”坐在榻榻米上，慵懒地舒展着后腿。告示上写着，它的名字是“美智子小姐”。告示上还说，它走丢的时候，戴着一个粉红色项圈。

隼人看着告示，笑了起来。

“这怎么还写着‘美智子小姐’啊？名字里还特意加上了‘小姐’？难道他们真会这么叫它？”

“那是当然啊！”

“真是老古董！不过还挺有意思的。爷爷，您在哪里见过它呀？”

“诊所。它在一家诊所里。”

“真的啊！那太好了，这不就找到了嘛。咱们赶紧告诉它的主人吧！”

“是啊！诊所的地址是……”

达也突然想到，那家诊所那么奇怪，那里的医生和护士会乖乖把美智子交出来吗？他们可能会狡辩，说那天他们是用热毛巾和仪器给自己做的治疗。万一他们死不承认怎么办？

“不行……明天我再去一趟，确认一下。”

听达也这么说，隼人皱起了眉头。

“让猫猫的主人自己去不是更好吗？”

“但如果发现认错了猫的话，他们肯定会很失望的。”

“可您去了也没法确定，那就是走失的那只猫猫呀。要不还是直接让它的主人去吧。”

“不，我不会认错的。”

达也的态度很坚决，但隼人却并不赞成。最后，祖孙俩决定一起去趟诊所。

第二天一大早，祖孙俩就准备出发了。步美路过玄关，看到这一幕，惊讶地瞪大了眼睛。

“隼人，这么早就出门吗？还是和爷爷一起？”

“是啊。”隼人一边穿鞋，一边平静地说道。从步美的表情来看，隼人在白天出门，显然是非常罕见的事情。步美虽然有些担忧，但更感觉到莫大的欣慰。她目送两人离开了家。

达也一家也住在中京区，坐几站公交车就能到达诊所。单独和孙子出门，让达也感觉新鲜又紧张。上了公交车，达也把座位让给了隼人。

“爷爷，您搞反了吧！”隼人笑了起来。

他笑起来的样子一点儿也没变，还和小时候一样可爱。

公交车晃来晃去，达也坐到了座位上。一眨眼，隼人已经过了青春期，就快成年了。自己已经不用再替他瞎操心了。

但他是什么时候开始上夜校的？

这种日夜颠倒的生活，他还要坚持多久？

他已经下定决心，要去过与同龄人不同的生活了吗？

达也出神地看向窗外。他突然想起来，那个医生说过的话——“就像走夜路的小猫一样，只需要一点点光就够了。”是啊，只要有一点儿光亮，就能走下去。

“隼人……”

“嗯？”隼人站在座椅旁刷着手机。

“昨天晚上我不是出去散步了嘛，没想到我竟然能走那么久。”

“是吗？”

“晚上出门也挺好的。黑乎乎的，反而看得清楚。”

“哦？”

“是啊。其实夜校也没什么不好。上学是这样，人生也是这样。”

“嗯嗯。”隼人只顾着刷手机。

达也和步美觉得，隼人的未来可能会很艰难。可对于隼人来说，他的未来无须和别人比较。就像有的猫喜欢白天，有的猫喜欢晚上。要过怎样的人生，都是自己说了算。

前面的路太窄，公交车的线路覆盖不到。于是，祖孙二人在御池街站下了车。

“爷爷，那个诊所在哪儿来着？”

“应该是麸屋町街还是富小路街……再拐到六角街还是蛸药师街那里就行了。”

达也估摸着，诊所离这里大概有三百米，走过去差不多要五分钟。

应该没问题。

“是我记错了吗？”

达也在附近绕来绕去，怎么也没找到昨天走过的路。终于，在转到第二圈的时候，他找到了麸屋町街。眼前这栋楼和昨天看到的一模一样。

但这不是昨天那栋楼。昨天，他先走进了一条巷子，然后才找到了那家诊所。达也茫然地看着面前的杂居楼。

隼人感到有些奇怪，问道：“怎么了爷爷，不是这里吗？”

“好像是……又好像不是……”

那栋楼又窄又深，一共有五层。陈旧的门牌上写着“中京心灵诊所”。楼门是敞开着的，达也探出头，看见了走廊尽头的楼梯。这里和他昨天去的地方一模一样。

“哟——老人家，您又大驾光临啦！”达也的耳边传来洪亮的声音。

他吓了一跳，只见一个男人笑着走了过来。

男人穿着花衬衫，皮肤晒得黝黑——是那个卖项链的老板。

“你是那个……守护日本国民健康的男子汉？”

“没错！就是我，椎名彬。大爷，您怎么又来啦？是不是想买我们的磁疗项链啊！哇——您今天把家人带过来了。没事没事！有家人在，这钱花得更放心啊！”

男人和昨天一样，声音中气十足，很有震慑力。看着眼前的男人，达也坚信，昨天的一切都不是自己在做梦。那个医生和护士，还有那只叫美智子的胖猫，他们肯定都在。

达也走进楼里，隼人有些困惑地跟在他后面。尽管是白天，走廊里却十分昏暗，老旧的房门也和之前一模一样。达也打起精神，来到了楼梯前。

他刚想要往上爬，就被椎名拦了下来。

“来吧，老人家！还是让我来背您吧！”

“啊？不用不用。我能……”

“您跟我客气什么呀！年轻人帮助老人，天经地义嘛。你说是吧？小伙子！”

隼人一言不发，装作没听见的样子。走廊很窄，达也实在没法推托，只能让椎名把自己背上了五楼。不得不说，椎名的体力可真好。他一口气爬上五楼，连呼吸都没乱。倒是跟在后面的隼人，累得气喘吁吁。

“哈哈——小伙子！看来你也需要一条我们的磁疗项链呀！我们卖的可都是高级货，未成年人要经过家长同意才能购买。但没事！我这儿还有一些老款，很便宜的！”

“哦。”隼人随便应了一声，又问道：“爷爷，诊所是在这层吗？”

“嗯嗯，从里数第二间就是。”

“什么？怎么又是那个诊所？！”椎名的身体有些夸张地向后仰，“等等……您不是来买项链的吗？”

“不不不，我们来这里找一只猫。”

达也说完看向了诊所的房门。椎名瞬间警觉了起来。

“猫？”

椎名眯起眼睛，声音也变得十分低沉，和刚才简直判若两人。

“这里根本就没有什么诊所，也没有什么猫！那就是个空房子！”

“啊……但你昨天，不是还帮我开门来着吗？”

“不可能！那是碰巧而已！我可不想掺和进去！”

椎名站在诊所门前，喘着粗气，紧紧地抓着门把手。达也不知道他为什么那么激动，隼人也对此摸不着头脑。

“看吧！”

“咔嗒——”金属的碰撞声回荡在走廊里。门是锁着的。椎名又恢复了笑容，他兴奋得像个小孩子一样，不停转动门把手。

“我就说吧！这儿根本没人！”

“说不定是在休息呢。”隼人小声说道。

“不可能！这间屋子一直没租出去。几年以前，这里出过事。”

椎名走到一旁，叹了口气。

“都说到这儿了，我就告诉你们吧。以前有一群黑心商贩在这里养了一屋子猫！后来可能是经营不下去了，老板就把猫留在这儿，自己跑路了！”

“然后呢？”隼人的脸上露出了愤怒的表情，问道，“所以这儿就关门了？！”

“是啊。老板跑了以后，留下了很多猫。员工们一直在给它们找新主人，但还是剩了几只。最后，他们干脆把猫都关进笼子里，然后直接走人了。结果怎么样，我不说你们也能猜到吧？我没养过猫，对动物也不感兴趣。但光是想想那个场面，我就觉得难受！出了这事以后，房东就再也不让租户在这里养宠物了。所以，这里是绝对不可能有猫的，老人家，您肯定是看错啦！我劝您啊，还是到别处去吧！就当没来过。”

椎名说完，就走向了最里面的房间。这个男人虽然怪怪的，但看着不像在说谎。

“爷爷……”

“嗯……那这个怎么解释呢？”

达也从口袋里掏出了那个粉色的项圈。这是医生从猫脖子上摘下来的。达也记得很清楚——那只猫的重量，还有它的温度。如果它真的是走失的那只猫呢？不能就这么放弃。

隼人没再说什么，只是又低头刷起了手机。祖孙俩从楼里走了出来。

果然，这根本不是之前的巷子。楼门口正对着麸屋町街。

一定要找到那栋楼！一定得再去一次那家诊所！

“爷爷……”

“没事的，你先回去吧。你晚上还要去夜校呢。”

“我好像找到那只猫了。”

“什么？”

达也戴上老花镜，接过隼人的手机。一只肥猫映入眼帘，它一脸不服气地坐在那里，脖子上还戴着粉色的项圈，和告示里的猫一模一样。

“这是哪儿来的照片？你怎么找到的？”

“我在社交媒体上搜到的，输入关键词‘走失的猫’就行了。两个月前，它在滋贺被人捡到了。那个人说已经把猫猫交给当地的警察了。不知道它现在还在不在警察局，也可能被送到收容所了……我发私信问问他吧。”

隼人说的话，达也有好多听不懂。他只知道，这只猫现在在滋贺，有人照顾它。

“那你手机上有那个人的电话吗？”

“电话倒是没有……啊！他回复我了。他说警察给猫找到了临时收养人。但为了防止有人冒领，得跟警察报备一下。他还让咱们发一张猫猫的照片给他。嗯……对，就这样。”

“照片啊……要不找渡边先生要一张？”

“我之前把那张告示上的照片拍下来了，已经给他发过去了。但我觉得还是跟他实话实说吧……就说，我们在附近的公告栏上看到了寻猫启事。啊！又回复了。就是这只猫！爷爷，现在怎么办？”

突如其来的状况，让达也有些束手无策。

“怎么办……你觉得该怎么办呢？”

“要不直接让他跟渡边先生联系吧。我感觉他人还挺好的，应该没问题。”

“啥叫‘私信’啊？”

“就是利用网上聊天的功能给别人发消息。”隼人淡定地回答道。

他的任务已经完成了，剩下的就看达也的了。

达也想了想，现在看来，他们确实不需要再做什么了。虽说渡边和他们算是邻居，但平时也没什么交集。而且，何必给自己找麻烦呢？

达也不了解猫。那只猫确实又大又温暖，但达也从没想过要自己养一只。如果有人问他喜不喜欢猫，他可能还是会说“不喜欢”。

要不要插手，都是自己的选择。达也是自由的。他的人生之门并没有被锁上，要进还是要出，全看他自己。

“我先过去看看，再告诉渡边先生吧。”

“那我也跟您一起去吧。”

隼人的动作十分迅速，他已经通过警察和收养人联系上，并约好见面了。在去滋贺的电车上，隼人拿出手机，给达也看了这只猫的视频。好多人争相抚摸猫的肚子，它的肚子就像毛毯一样松软。

“一个叫‘京都流浪猫救助中心’的账号，在这个人的视频下面评论了。他们说，如果捡到了走失的猫猫，请和当地的动物救助中心、地方政府或者警察联系。”

手机屏幕上，出现了救助中心副部长尾原的名字。但是，达也还是用不惯智能手机。他觉得字太小，看不清楚。达也推了推老花镜，努力地看着屏幕，隼人笑了。

“渡边先生是不是只贴了寻猫启事啊，如果他能尽快和当地警察联系上，说不定能早点儿找到猫猫。其实这些信息，在网上一搜就能搜到。”

“老年人可能都想不到这种法子吧。如果我是渡边的话，我肯定也只会在电线杆上贴贴告示。”

隼人托着下巴，看着窗外说道：“那张告示上，好像只写了他家的电话号码。”

他们坐的电车从京都出发，一路向东。透过车窗可以看到琵琶湖。达也已经很久没出过远门了。

祖孙二人就这样踏上了寻猫之路。

“爸，您要去社区工作了吗？”

“嗯。”

达也双手抱胸，毫无头绪地看着一桌子文件，根本不知该从何下手。达也和社区管委会的主任碰面后，拿到了这些交接文件。这个社区老龄化非常严重，很多职位都有空缺。达也能来工作，大家都很欢迎。

“谁知道还得身兼多职！安全员、会计助理和街道委员，以后都是我的活儿了。好吧，一步一步来吧。”

“哎呀！要干这么多活儿啊？”步美表情复杂，她既高兴又担心。

达也也清楚，自己承受不了太高强度的工作。毕竟已经快八十岁了，这把老骨头可经不住折腾。

“要不要把这些文件做成电子版？”

达也抬头一看，蓬头垢面的隼人坐在他面前。这小子应该刚刚睡醒吧。隼人手里还拿着一个褪色的文件袋。

“这些东西一般没人会看吧。做成电子版，把这些当废纸处理掉就好了。”

“这样的话，上了年纪的人根本弄不明白啊。”

“但是方便交接工作呀！现在的纸质文件已经越来越少了。电子版不容易弄丢，而且还能和我们年轻人接轨！”

“我还是没听懂……”

达也完全无法理解隼人说的话。隼人只是睡眼惺忪地笑了笑。

“我又想了一下之前那个寻猫启事。以后这种信息，其实都应该发到网上。确实，有很多人还不会用电子产品。但光贴告示的话，效率就太低了吧！光靠网络也不行，所以嘛……最好两边同时进行。”

“嗯……我还是听不懂。”

“您就想象咱们俩，能通过网络联系，也能在现实中联系。我们学校就采用了这种模式，我觉得咱们社区也可以试一下！”

“都把我给说晕了……你把那个账本递给我一下。”

“知道啦，知道啦。”隼人笑着说。

不同年代的人，说话方式和思维逻辑都不一样，很难互相理解。步美不想让隼人天天宅在家里，隼人反对达也晚上散步，而达也对新事物提不起兴趣。

但是，在七十八岁的这一年，达也迎来了一次奇妙的经历。超乎他的想象，让他感到不可思议。滋贺县的那只猫，果真就是那家诊所的猫。收养人像抱着大麻袋一样，把美智子小姐带了过来。它被收养人抱在怀里时，那一脸不屑的神情，简直和在诊所的时候一模一样。

捡到美智子的人之前在琵琶湖畔吃烧烤时，发现了闲庭信步的美智子小姐。他看到美智子小姐戴着项圈，推测它可能是走失的猫，所以就报了警。不过，想要跨地区联系到失主并不容易。再过几天，就到了收留的期限了。如果达也没来，美智子小姐就会被收养人一家收养了。这家的女主人和孩子都很喜欢美智子，眼看猫要被接走，一家人流下了不舍的眼泪。

达也拿出粉色的项圈时，他们大吃一惊。这项圈明明昨天还在美智子脖子上的呀！美智子小姐自从被收留以后，一直在家里懒洋洋地躺着，从来没出过门。达也说的诊所名字、地址，他们都没有听说过。

这一切是真的吗？简直像做梦一样。女主人对“中京心灵诊所”非常感兴趣，但她看上去像个“大嘴巴”。如果有人听了传言，前往心灵诊所，那扇门会打开吗？那个戴着磁疗项链的男人，可是费了好大力气，才推开了那扇沉重的大门。

过几天去渡边家看看美智子小姐吧，顺便拍两张它的照片，给收养它的那家人报个平安。

最近，达也也开始学着用智能手机了。

# 故事

猫を処方いたします。2

# 三

谢谢你
来到
我身边

# 中京心灵诊所

## 【处方笺】

来访者姓名：尾原玲央奈　年龄：20　性别：女

身份：尾原友弥的妹妹

症状：因感觉被妈妈忽视而伤心

【处方猫】

| 品种 | 性别 | 年龄 | 姓名 |
|---|---|---|---|
| 矮脚猫 | 雌性 | 两个月 | 莎莎 |

医生：术奥　护士：千岁

玲央奈结束了一天的课程，回到了家里。刚进门，她就看到妈妈在厨房忙前忙后。

完了！

玲央奈点开了她和哥哥的聊天框。明明自己发的消息都显示已读，但他怎么还没联系妈妈呢。

“妈妈……”玲央奈犹犹豫豫地开了口。

妈妈正在给虾仁裹面粉。

“呀，你回来啦！友弥马上就到家了，再等一会儿就可以开饭了。正好你们能趁热吃！”

妈妈的语气和平时完全不一样。灶台旁除了虾，还堆满了其他食材。冰箱里肯定也全是哥哥爱吃的东西。玲央奈对妈妈的兴奋感到厌烦。她无奈地说道：“妈妈，今天哥不回来吃饭了。”

话音刚落，妈妈就从厨房冲了出来。

“什么？！”

“他说他们救助中心还有事。”

“他……他没跟我说过啊！”

妈妈瞪大眼睛，一脸怒气。明明是哥哥爽约，妈妈却把怒火全部发泄在了眼前的玲央奈身上。

“你怎么不早说？！饭都要做完了！”

“哥哥说他会发消息给你……”

“他没发！你要是早知道，直接给我打个电话不就行了吗！”

玲央奈知道妈妈会失望，才让哥哥自己去告诉妈妈。妈妈说这话，倒像是玲央奈故意隐瞒了什么似的。

就算她生气，也该生哥哥的气啊！但这时候不能再火上浇油了，玲央奈只能把委屈咽进了肚子。

妈妈失落地看向灶台，说：“白做了这么多！”

“咱们吃也一样嘛……”玲央奈小声嘀咕着。

妈妈默默回到了厨房。

玲央奈的哥哥友弥，几年前就离开家一个人住了。他基本只在过年的时候回家，要不就是在妈妈的催促下，好几个月才勉为其难地露一次面。今天，哥哥本来说好要回家吃饭，但他却突然说救助中心有事，来不了了。玲央奈让他自己去和妈妈说，但他肯定把这事儿忘到脑后了。哥哥性格很好，就是有时候不太靠谱。

玲央奈今年二十岁，哥哥二十九岁，两个人差了将近十岁。小时候，哥哥还在家里时，玲央奈总觉得他像个成熟的大人。

哥哥搬出去后，玲央奈才发现原来他有时候这么不靠谱，有时有点儿迟钝，有时又会特别敏感。哥哥经常被妈妈催着回家，而玲央奈被夹在中间，就这样成了他和家里人的传话筒。

等会儿给哥哥打个电话吧。真烦……

但听到哥哥的声音，妈妈肯定就能消气了。

“丁零——”耳边传来铃铛的响声，是小初，它是玲央奈家的猫。小初走了过来，轻轻蹭了蹭玲央奈的脚背。

“好啦好啦！”

玲央奈静静地站在原地，看着小初撒娇。它的小脑袋左摇右晃，脖子上的铃铛也叮当作响。它不喜欢被人摸，却爱主动用头蹭人。这只全身琥珀色的狸花猫，就连眼睛也是带绿的琥珀色。哥哥上中学时，同学把小初送给了他。小初当时还是只小奶猫，现在已经十四岁了。

以前，小初的毛是油亮亮的。这两年它上了岁数，皮毛也逐渐变得焦黄，像被太阳晒久了的榻榻米的颜色。那双炯炯有神的眼睛，也变得有些黯淡。玲央奈伸手碰了碰小初的鼻尖——冰冰凉凉的。

“小初，你就像我们家的榻榻米一样。”

前些日子，玲央奈和朋友小萌一起去了宠物商店。那里没有小初这样的田园猫。在展示箱里打滚撒欢的猫，都是像玩偶娃娃一样可爱的名贵品种。那些猫浑身上下写满了“时尚”二字，和自家老旧的房子并不相配。

小初和它们截然不同。小初是世界上独一无二的小初，和其他任何猫都不一样。小初在玲央奈腿上蹭了半天，留下自己的气味后，心满意足地回到里屋去了。

手机响了，是翔佑发来的消息。

“妈，我出去一下，等会儿回来再吃。”

“啊？怎么连你也……饭马上就好了啊！”

“妈，对不起啊。你先吃吧，我去趟翔佑家。”

玲央奈没有理会妈妈的抱怨，径直跑出了家门。

十分钟后，她走到了国枝翔佑家。玲央奈没按门铃，直接拉开了门。

“打扰啦！我是玲央奈！我进来啦。”

玲央奈在门口打了声招呼，翔佑的妈妈从客厅探出了头。

“是玲央奈啊！翔佑刚从补习班回来。”

“好呀！”玲央奈走向了二楼的房间。她都没敲门，直接就走了进去。翔佑正背对着她，盘腿坐在地板上。

“你说有突发事件？怎么回事？难不成……你在游戏里抽到了隐藏的稀有角色？”玲央奈问道。

翔佑没有回头。于是，玲央奈开始在他的书架里翻找自己还没读过的漫画书。

“没有新书啊。喂！我可是特意过来找你的！连刚出锅的、香喷喷的大虾我都没吃，虽然那虾也不是给我做的……”

书架上多半是高中的参考书，都被翻得破破烂烂的。翔佑和玲央奈同岁，两个人是青梅竹马。今年是翔佑备考京都大学的第三年。第一次考试失利后，他以为第二年肯定能轻松考上，却又失败了。这个冬天，他将迎来第三战。

翔佑仍然背对着玲央奈。以前，他也总是这样坐在书桌前。玲央奈每次过来，翔佑就一边学习，一边跟她聊天。

可是最近，他在游戏和漫画上花的时间越来越多。有时候，他甚至会躺在床上发呆。虽然翔佑每周照常去补习班，但玲央奈明显感觉到，他没什么动力了。

不过，这种心情只有翔佑自己最清楚吧。为了能让他轻松一点儿，玲央奈继续和他聊着家常。

“真是的！我妈对我哥也太偏心了。听到他不回来了，反倒冲着我发火！我能有什么办法啊？我哥的那些“猫主子”，才不管他回不回家吃饭呢！”

“猫？”翔佑嘀咕了一声。他还是盘腿坐着，背对着玲央奈。

“对啊。你知道的啊，我哥在南区的流浪猫救助中心工作。他是里面的二把手，成天忙着救助啊、领养啊那些事儿。但其实，他跟打杂的也没什么区别。”

“肯定不是因为工作啊，都是借口而已。”

翔佑的声音听起来像是在笑，又像是不耐烦地嘲讽。玲央奈有点儿生气了。

哥哥才不会找借口，故意不回家呢！要是他真能学会撒点儿谎，那倒好了。翔佑和玲央奈从小一起长大，他不可能不知道友弥是什么样的人。

“什么意思？不是工作，那还能是……”

玲央奈正要发火，突然被吓了一跳。她看到一根细麻绳从翔佑的膝盖上垂下来，轻轻地晃动着。

“等下！”玲央奈猛地扑到了翔佑的背后。这下，她终于看清了，翔佑交叠的两腿中间，藏着一个毛茸茸的小家伙——一只灰棕相间的猫。

“天呐！这是——”

“是猫猫啊。”

“不是，我知道。我家也养猫。但这……”

玲央奈屏住了呼吸。这时，小猫转过头来，露出了圆圆的、灰蓝色的眼睛。

这是幼猫特有的瞳孔颜色，准确来说，这颜色应该叫“幼猫蓝”。真是惹人怜爱的颜色啊！小猫使出浑身解数，努力向上爬。可是它的腿太短了，总是扑空。

“好可爱啊！”

玲央奈盯着猫，根本移不开眼睛，就连声音也变得柔和起来。

“这是矮脚猫吗？”

“应该是。”

翔佑递过来一张纸。玲央奈接过后，念出了上面的字。

“莎莎，雌性，两个月，曼基康矮脚猫。早晚各喂一次，适量即可。饮用水常备。及时打扫粪便。此猫处于成长关键期，对一切事物充满好奇，乐于挑战。小猫行动莽撞，玩耍时请注意避免其从高处跳下、误食等事故发生。请勿让小猫跑到室外。谨记。”

“这是什么啊？”玲央奈问道。

“是猫猫的说明书。还有这些东西。”

玲央奈看向旁边的食盆和猫粮袋子。玲央奈从小就经常来到这个房间，这里可从来都没有出现过这些东西。翔佑从小就爱学习，成绩出类拔萃。二十年来，两个人一直是无话不说的好朋友，遇到困难时总是互相倾诉。翔佑考试失败，选择复读之后，玲央奈怕自己会打扰到他，所以和他保持了一定距离。

现在，翔佑的身边突然多了一只猫。矮脚猫四肢短小，是很受欢迎的品种，论可爱度，也算是数一数二。但养猫这件事，他有没有认真考虑过呢？

猫，可不仅仅是猫。

不同品种的猫猫，养法、特点、寿命都不同。翔佑为什么没有提前问问自己呢？自己肯定能给他提一些有用的建议。但事已至此，玲央奈也不想再责怪他了。

“确实是突发事件啊！”玲央奈故作轻松地说道，“不会是你一时冲动买回来的吧？”

“不是。是医院开的处方。”

翔佑看着小猫，无奈地笑了笑。小猫试图挣脱翔佑双腿的禁锢。可翔佑又是抬腿，又是蜷膝，使出各种方法阻止它“越狱”。

玲央奈看着猫猫可爱的小动作，不解地问道：“你刚才说什么？”

“我说，这是医院开的处方。”

“开的什么处方？”

“猫猫啊。”

“谁开的？”

“你哥给我开的。你哥他……不太对劲啊。他的诊所就在中京区的一条巷子里，那里有一栋老楼。反正他看起来……不对劲。”

我哥哥，不太对劲？友弥不太对劲？

玲央奈盯着猫猫，想到了自己的好友小萌。她前两天也说，在中京区的巷子里迷了路。

第二天晚上，玲央奈又来了翔佑家。已经九点半了，显然不是个适宜拜访别人家的时间。

玲央奈怕他家锁门，所以事先打了招呼。她站在门口，给翔佑打去了电话。电话还没接通，门就先开了——是翔佑。

“都这么晚了，又去兼职了？”

“嗯，忙死了！汤豆腐怎么能这么火啊？好吃倒是好吃，但其他地方难道就没有吗？”

“在京都吃才最地道吧。”

两人一边聊着，一边走上了二楼。翔佑的妈妈从客厅探出头来。

“玲央奈来了啊？翔佑，这会儿不早了，回去的时候送送她。”

“知道了。”翔佑淡淡地应了一声。

一进房间，玲央奈就立刻开始搜寻猫的身影。

“猫猫呢？”

“在那个纸箱里。”

翔佑指着一个用来装化妆品的小纸箱。玲央奈往里一看，小猫四脚朝天，正呼呼大睡。

“它睡着了呢。”

“嗯。”

“睡得真香啊。”

“是啊。”

莎莎睡得像个孩子一样。它翻了个身，伸直了两条短短的小前腿。玲央奈本想和它玩一会儿，但看它睡得那么香，实在不忍心叫醒。

玲央奈笑眯眯地看了猫猫一会儿，然后不舍地将注意力转移到了翔佑身上。

“不对不对，我不是来看猫猫的。我回来的路上，顺道去了一趟你说的那个地方……”

“你哥在吗？他还好吧？”翔佑的声音里充满同情。

他想不明白，友弥性格那么好，怎么突然就成了一个奇怪的医生……

玲央奈一开始也没多想。之前她就听小萌提起过，中京区的什么心理诊所。两个人还一起去找过。今天她又去看了看，但还是没找到。

“没有，我没找到你说的那个诊所。我问过我哥了，他说他那里有好多猫，还要带它们去打疫苗什么的……反正他忙得不得了，连吃饭都没时间，没说几句就挂了。他哪来的时间去搞副业，当什么心理医生啊？不可能，绝对不可能。”

“但我亲眼看到了啊。那肯定是你哥。”

“翔佑，你上次见我哥是好几年前吧？他那种大众脸很常见的。你是不是看错了？”

“哪有这么说自己哥哥的？”翔佑笑着说道。

友弥瘦瘦的，五官看上去很温和，放在人群中也并不抢眼。和哥哥比起来，翔佑的眼睛更大，面部轮廓更清晰。虽然他的长相说不上阳刚，但玲央奈觉得他还挺帅气的。

可是这半年来，翔佑消瘦了很多。

备考的日子肯定难熬。玲央奈没问他考试的事，她不想再给翔佑压力。她准备说点儿哥哥的坏话，活跃一下气氛。这时，纸箱里传来一阵动静。

“啊！莎莎起来啦？”

“好像是。”

玲央奈刚想去把莎莎抱出来，箱子就倒了。原来是莎莎用自己的小身体，把箱子拱倒了。一团灰棕色的“小毛球”裹着毛毯，从箱子里滚了出来。

“哎呀！它自己跑出来了呢。”

“它可有精神了，一起来就到处乱跑。”

莎莎用爪子钩住毛毯，在地上开心地翻滚着。可爱是可爱，但拆家的能力也很强大。

“它今天怎么样？是阿姨看着它吗？”

“没有，今天我上网课，正好有时间照顾它。但它弄得我根本没心思学习，光陪它玩了……”

翔佑看着莎莎，他的眼神比昨天还要温柔。看来这只猫是一剂特效药。

“你别看它小，但是它胆子可大了，你看你看……”

莎莎笨拙地挪动着小短腿，跑到了床边。它想要抓着床单，爬到床上。但它怎么都够不到，直接扑了个空。可是它没有放弃。它一次又一次地摔倒，一次又一次重新跳起来。刚开始，玲央奈被莎莎逗得合不拢嘴。但看它摔了几次，玲央奈不禁心疼了起来。

“这有点儿危险吧？”

“没事的，你看。”

翔佑笑着看向莎莎。莎莎用两只小短腿撑着地，奋力一蹦，但还是没够到。

“莎莎，加油！”

翔佑握紧了拳头。玲央奈也攥紧了手。

“莎莎，加油！”

二人就这样一直盯着猫。终于！莎莎抓住床单，爬到了床上。

“太好啦！莎莎可真厉害呀！”

“是啊，它不达目的决不罢休。昨天跳到了书上，刚刚蹦到了包里，它的目标越来越高。小猫长得真的很快，昨天还做不到的事，今天努努力就做到了。每天它都跳得更高一点儿。”

“是啊是啊。”

玲央奈开心地点了点头。翔佑一定是在莎莎身上，看到了他自己的影子。就像猫猫处方说明书上写的那样，“乐于挑战”，只有这样才能成长。翔佑一定在努力备考，就像不服输的莎莎那样。

“玲央奈，我打算放弃京都大学了。”

“啊？”玲央奈的笑容僵在了脸上。

翔佑苦笑着说道：“说实话，我一直很痛苦，但我一直都没放弃。我就像莎莎那样，不停地朝着目标努力。但是莎莎能越跳越高，而我呢？一开始我就做不到。无论我试了多少次，离目标还是很远。这些我都明白，可我总是不甘心。我真希望有人能对我说，放弃吧。所以我就去了你哥哥的诊所。然后……我就把它带回来了。”

翔佑把莎莎捧在手心里。

“他对症下药，让我‘服用’三天的猫猫处方。明天我就该把莎莎还回去了。”

“啊？我以为你要一直养着它。”

“不，我只是放弃了京都大学，但我还是要考别的大学的。所以现在我在自学呢，我已经有想学的专业了。现在只需要说服我爸妈，然后就是调整学习方向了。要是每天看着那么可爱的小猫猫，哪还有心思学习呀。我现在这样，也没有精力照顾它，我没法一直养着它的。是不是呀，莎莎？”

翔佑和莎莎碰了下鼻尖。

“好凉呀……”他笑着说道，又和莎莎碰了碰额头。

“放弃不代表逃避。放弃实现不了的目标，换一条路走，这也需要勇气吧。”

翔佑闭上了眼，说：“我们都很勇敢呢。”

“嗯……”

玲央奈有些说不出话了。翔佑已经向前看了，莎莎也在长大。好像只有自己，一直留在原地。

“明天就要把莎莎还回去吗？”

“嗯。”

“我也要去，我们一起去吧！”

到底是什么奇怪的诊所？医生怎么可能和哥哥长得一模一样？小萌和翔佑都去过了，玲央奈想，自己也一定要去看看。

“我一定要去！你就带我去吧！”

“好好好。”

翔佑在发呆。莎莎好像困了，在他怀里迷迷糊糊地直晃脑袋。

一下课，玲央奈就迫不及待地冲出了校门。至于兼职，她已经提前和别人换了班。玲央奈和翔佑说好，下课以后直接去他家里。然后两人带着莎莎，一起去中京区的那个诊所。玲央奈的心里十分忐忑。她有预感，接下来肯定要发生一些不可思议的事情。

玲央奈拿起手机。看到消息后，倒吸了一口气——哥哥说，今晚要回家。

虽说哥哥回家是件开心事，但哥哥一回来，今天的晚饭，妈妈肯定要求全员到场。爸爸工作忙，能得到妈妈的特批，但自己可就不行了。

“怎么偏偏是今天呢？而且我在不在，又有什么区别？只要哥哥在不就行了？”

没办法。只能等哥哥回来，赶紧吃完晚饭，然后火速出门。

玲央奈到家以后，发现哥哥已经回来了。友弥正坐在客厅里玩电脑。他每次都是下班以后才回家，很少这么早回来。

“哥，今天怎么回事？这才五点，怎么这么早就回来啦？”

“前几天，救助中心的同事来附近的供货商这里取物资，但没能取成，我就想来看看是怎么回事。”

“哎哟，难得啊！还有能让你上心的事！”

“什么难得啊……”友弥笑呵呵地说道。

可能是搬运物资的缘故，友弥的卫衣上满是灰尘。他的头发也长了很多，还没有半年前见他时干净利落。

看来哥哥真的挺忙的。玲央奈都不好意思开口跟他抱怨前两天的事情了。

而且，玲央奈每次说哥哥不好的时候，妈妈总是帮着哥哥说话，这让她非常恼火。但是今天，妈妈居然不在厨房。

“妈妈呢？”

“她去超市买寿司了，说马上就回来。她还让我吃了饭再走。”友弥微笑着说。

在哪里吃不到寿司呀……玲央奈烦透了。妈妈又在想尽办法，让哥哥多待一会儿。她总是这样瞎忙活。

“丁零——”，小初从里屋探出了脑袋。它的小耳朵竖得笔直，琥珀色的眼睛瞪得像铜铃一样。

“小初，好久不见啊！”

友弥一开口，小初就警觉地停下了脚步，用一副生人勿近的眼神盯着友弥。不一会儿，它就又回到屋里去了。

“小初还是这么不近人情啊。”友弥无奈地笑了。

小初不愿意靠近男性。它既不亲近友弥，也不喜欢爸爸。爸爸早就放弃了努力和小初处好关系，但友弥每次还是会蹲下来逗逗它。只不过，小初一直爱答不理。

要是换作玲央奈的话，她一定会很伤心。自家的猫猫，居然不愿意和自己亲近。但哥哥从没表露过这种情绪。他以前在家住的时候，总是无微不至地照顾小初。但猫猫可不吃这一套，不管你对它多好都没用，因为猫猫只会对自己喜欢的人示好。就算友弥是家里最了解猫猫的人，小初依旧对他不屑一顾。

哥哥自己住的地方也养了猫。他一定很爱那只猫吧。

“对了，米奥怎么样？”

“一直在睡，好久没见它活蹦乱跳的样子了。”

“是啊，小初也是。毕竟上年纪了。”

“小初按时吃饭吗？”

“嗯嗯，虽然吃得不多。给它喂的是老年猫专用猫粮。”

“猫粮放潮了的话，对猫猫身体不好。每次少放一点儿，剩下的就扔掉吧。你天天上学，估计也没那么多时间。赶上有空的时候，就多看看它吧。”

“嗯嗯。”

哥哥很温柔。从小到大，只要在哥哥身边，玲央奈就觉得时间过得很慢。每次和哥哥聊天时，她的心情也会变得平和。

友弥的手机响了。他看了一眼，轻轻叹了口气。

“是妈妈。她说超市里人太多了，得晚一点儿回来。”

“那当然了，现在可是晚饭时间。”

“是吗？”友弥的目光透露出一丝忧虑，他低下了头。看来哥哥也想早点儿回去。

“哥，你要是没什么事的话，就早点儿回去。跟妈说一声就行了。”

“倒也没什么事儿。但是……算了吧，好不容易来一趟。没事的，我吃完饭再走。”

他说得好像自己要慷慨就义一样。都快三十岁的人了，有时候怎么还是傻乎乎的。

玲央奈不想等妈妈回家了。妈妈回来以后，可能又要骂她，但无所谓了。

“哥，我要和翔佑出去一趟。一会儿你好好陪陪妈妈，行吗？”

“和小翔？你们俩是约会吗？你们的关系果然不一般，行啊，去吧去吧！”

“那妈妈就靠你啦！对了，我俩可不是约会！”玲央奈笑着说道。

“你可要保密啊！其实，我俩是要去看心理医生。最近考大学的事让翔佑挺头疼的。哥，你听说过吗？麸屋町街那附近，有一家心理诊所。那家诊所可奇怪了，居然用猫猫当处方！”

“猫猫处方？”友弥疑惑地歪了歪头。

“是啊。怎么能随便地把猫猫寄养在别人那儿呢！但我可没当着翔佑的面这么说。哥，你怎么看？”

“那里……不就是心医生的医院吗？”友弥微微一笑。

“那家医院的医生，名字叫须田心。所以那里经常被人当成心理医院。不过，他那里确实有很多猫猫。你告诉小翔，如果想和猫玩儿的话，随时来我们中心。我们那儿有爱撒娇的猫猫，还有胖嘟嘟的猫猫……应有尽有。”

“嗯，好！”

两个人说的根本不是一回事儿。但哥哥好像也知道这家诊所。这位心医生，似乎还挺有名气的。

玲央奈到翔佑家的时候，他已经下了补习班，在等着她了。莎莎乖乖地趴在箱子里。玲央奈想再多感受一会儿小猫的重量，于是她主动拿起了箱子。两个人就这样出发了。

“昨天谢谢你啊，陪我聊了这么多。”

“没事，我看叔叔阿姨也没有很大反应嘛。”

“毕竟我已经复读两年了。唉，我这一次报的这所大学在别的城市，考上了的话就只能住校了，不知道要花多少钱啊。”

“不过你还是很幸福的，叔叔阿姨对你的事都很上心。不像我，我家人都只关心哥哥，根本没人管我。大学填志愿，都是我自己弄的。打工回去晚了，也没人担心。倒是你妈妈，总让你送我回家，可比我妈强多了！”

“谁叫咱们从小就认识呢？其实这也不是你的问题。我感觉……友弥哥有点儿内向，你爸妈担心也正常。不过，应该有挺多女生喜欢他吧？他这种性格，总是让女生忍不住靠近。”

“这种事……我这个当妹妹的可不想知道！光想想，就能起一身鸡皮疙瘩。”

玲央奈耸了耸肩，也不知道哥哥有没有女朋友。他平时光顾着照顾小动物，好像根本不关心这些事情。比起女朋友，他更在乎“猫朋友”。

“小心！”翔佑说道，“有台阶。”

“啊？”

玲央奈一低头，发现脚下是一级低矮的台阶。不知不觉，他们已经来到了一栋杂居楼的门口。这栋楼又窄又深，昏暗的走廊一眼看不到尽头。玲央奈愣住了。

“是这里吗？”

“对。”

“我们什么时候走到的？”

“什么什么时候？这不就到了吗？走了。”

他们来到五楼，果然看到了一间诊所。诊所里面很整洁，前台坐着一位护士。

“国枝先生，您是来还猫猫的吧？医生已经在等您了，请进吧。”

护士看起来十分强势，瞧都不瞧玲央奈一眼。一般来说，只有患者能进入诊室。但来都来了，玲央奈还是想见见这个开“猫猫处方”的医生。

“护士小姐……我是他的朋友，可以一起进去吗？”

“您是患者吗？”护士瞥了她一眼。

“不是，我是陪他来的。”

“我看您应该是患者吧。”护士毫无波澜地说道，“请进吧，医生就在里面。”

真是个冷漠的女人。看见翔佑走进了诊室，玲央奈急忙抱着箱子跟了上去。诊室里只有一张桌子、一台电脑和两把椅子。这个小房间，甚至根本站不下两个人。

“这也太挤了！咱俩的鼻子都快贴上了。”

“确实。我也是第一次来心理诊所，遇上的全是怪人怪事。”

因为空间狭小，翔佑坐下后，玲央奈只能抱着箱子，贴在墙边站着。这就是心医生的诊所吗？玲央奈环视四周。这里不只地方小，而且连一件像样的设备都没有。看来，他们主打的是“话疗”。

“哼。”

“嗯？怎么了？怎么不高兴了？”

“没什么。我只是在想，你去看心理医生也不跟我说一声。我都不知道，你还有烦心事。”

“我……我觉得就算和你说了也没用，你肯定也只会劝我想开点儿。”翔佑有些难为情地说道。

被他这么一说，自己反倒像个大大咧咧、有些迟钝的人了。玲央奈刚想反驳，帘子突然被拉开，一个身穿白大褂的男人走了进来。

“国枝先生，您好呀！您的气色不错啊！看来猫猫处方效果很好嘛。有用就好，有用就好。”

医生笑眯眯地坐下，又转头看向玲央奈。

“哎呀！这位好像病得更重啊！”

“哥……”

哥哥？！

话到嘴边，玲央奈又憋了回去。她十分震惊，嘴角不受控制地抽动了两下。

这已经不是像了，这简直就是本人吧！

眼前的男人，竟然和哥哥长得一模一样！

难怪翔佑会认错。这两个人的脸型、五官、肤色，甚至是声音，都太过相似。

但是，这个人绝对不是哥哥。因为他们的神态截然不同。哥哥才不会像他这样傻笑，更不会像这个人一样，老气横秋地说话。而且她刚刚才在家里见过哥哥，所以更能看出这两个人的区别。眼前的医生，确实是另一个人。

但因为这张脸真的太像哥哥，玲央奈还是感觉有些不适。看着玲央奈不太自在的样子，医生问道：“您的脸怎么一鼓一鼓的？”

“抽筋了。”玲央奈没好气地说道。医生顶着哥哥的脸对自己开玩笑，这让她很不爽。

“啊哈哈，这样啊。国枝先生，还是先说说您吧！有人劝您放弃吗？”

“没有。”翔佑摇摇头说，“是我自己提出来的。”

“这样啊。那可太好了！有些话，与其指望别人来说，倒不如由自己来说。这样见效更快，效果还更到位呢！不过，有口难开的时候，也可以找猫猫来帮忙哟！它会用‘猫猫拳’给你打气的。那请您多保重啦。接下来是……”

医生看向玲央奈。他笑眯眯的样子虽然亲切，但总让人觉得缺少点儿诚意。

“这位小姐，您是第一次来我们诊所吧？您的姓名和年龄是？”

“啊？”玲央奈愣了一下，但还是老实地回答道，“我叫尾原，尾原玲央奈。今年二十岁。”

“您有什么烦心事呢？”

“我什么事都没有。我就是陪他来的，来还这只猫猫。”

玲央奈把宠物箱递给医生，却又被医生塞了回来。

“有些话，与其指望别人来说，倒不如由自己来说。这样见效更快，效果还更到位呢！”

听医生的语气，他好像确信自己有什么烦恼一样。玲央奈顿时有些恼火。

“我没什么想说的。”

突然，医生弯下腰来，将脸凑到了玲央奈面前。玲央奈吓了一跳。

“嗯……您看起来一直在‘服用’猫猫，可能是有点儿过度依赖了。看吧，‘是猫三分毒’啊！猫猫处方确实能促进家庭和睦，但也不能‘服用’过量了呀！还得学着独立起来才行。”

一直在“服用”猫猫？他是在说小初吗？可他怎么会知道？玲央奈有些毛骨悚然。就算只是巧合，这个医生和哥哥也实在是太像了。眼前的场景，好像平时一本正经的哥哥在故意跟她开玩笑。

玲央奈抱着箱子的手不禁更用力了些。把猫还回去，然后就走！她正想着，医生的脸突然凑得更近了些。

他不慌不忙地说道：“您今天是怎么了呀？”

这让玲央奈想起，小初湿湿的鼻尖凑近自己的样子，医生现在就像一只猫一样。因为距离太近，她的眼睛甚至没法聚焦到医生的脸上。

我没怎么呀……玲央奈的大脑一片空白，她听见自己脱口而出：“我讨厌妈妈。”

玲央奈自己都吓了一跳。

我刚刚，说了什么……

讨厌妈妈？这种话只有小学生才说得出口吧。自己简直像个叛逆的小孩子一样。玲央奈吓出了一身冷汗。

她眼神飘忽，一副无地自容的样子。

医生见状，微笑着说道：“原来是这样啊。”

“不不不，不是的！我什么都没说，您就当没听见吧！”

玲央奈慌忙地反驳道。医生又笑了起来。

“我的听力可是很好的，不仅听到了，还听得清清楚楚呢！那么尾原小姐，给您开一副猫猫处方吧。那……就用它吧！”

“嗯？”玲央奈低下头，看向手里的箱子问，“莎莎吗？”

“对啊。反正是现成的，比较方便！”

“等等！”

这次，玲央奈坚决地打断了医生。她怒视着这个很像哥哥的男人。

“什么叫‘现成的’！什么叫‘就用它吧’！你怎么能把猫猫随随便便当成一件东西给别人呢？就算这里是心理诊所，你们也不能随便把猫猫借给陌生人啊！万一猫猫出现应激反应怎么办？！”

“我们好像经常被误解呢，这不是心理科呀，而且我们也不出借猫猫。真要是那么干的话，我肯定会被猫猫挠死的！毕竟大家都是倔脾气嘛，是吧？”

医生微微低下头，朝箱子里面瞥了一眼，但莎莎毫无反应。

“哟，还在装模作样呢。小家伙演得可真像啊！总之啊，无论是在狭小的箱子里，还是在广阔的天空下，猫猫总能创造出自己的世界。那是它们独有的世界，人类是无法干涉的。只有当它们主动邀请你时，你才能够进入那个世界。否则，它们的门是不会对你敞开的哟。”

医生点了点头，露出一副高深莫测的表情。玲央奈听得一头雾水。这是什么意思？他到底想表达什么啊？

“所以啊！站在猫猫的角度想一想，行吗？”

“哈哈哈。正是对您这样的有心人，猫猫处方才有效啊！尾原小姐，我给您开个处方吧。也别忘了，也得照顾好您自己家的猫猫！双管齐下，对症下药。哈哈哈——”

医生这话说得，像是某种感冒药的广告。玲央奈愣住了，一旁的翔佑悄悄对她说：“玲央奈，你没事吧？我也没想到会这样。”

“嗯……双管齐下到底是什么东西？”

“不是，我是说……”翔佑似乎有些为难，“你妈妈……你说你讨厌她？”

“啊……不是，不是那样的！”

玲央奈的脸一下子红了起来。完了！怎么忘了翔佑也在旁边……刚才那句幼稚的话，竟然被他听得一清二楚！玲央奈真想立刻找个地缝钻进去。

“不是的！不是的！你别当真啊……”

她已经找不出更好的借口了。玲央奈的声音越来越小。

翔佑无奈地笑笑，点了点头。

玲央奈的内心十分纠结。难道是因为医生和哥哥长得太像，所以自己才会一不小心，说了不该说的话？

她有时候的确会嫌妈妈烦。可抱怨的话一旦说出口，别人就会误以为，她真的讨厌自己的妈妈。实际上，这是两回事儿。玲央奈沉默着低下头。

医生说道："猫猫处方需要'服用'十天。我给您开好方子，之后您就去前台领必需品吧。"

这时，翔佑问道："十天？要这么久吗？这么长时间的话，莎莎的主人会担心吧。"

"没关系，还没人来领养莎莎呢。本来有一个人，从救助中心带走了莎莎。结果那个人后来又有了"新欢"，就把莎莎退回来了。这种情况也不少见，毕竟养猫是长期的事嘛！与其凑合，还不如找只自己真正中意的猫。不过这中间发生的事嘛——谁的命运会改变，会发生什么样的改变，我们就无从得知啦。"

这到底是什么意思呢？

玲央奈听得云里雾里，心里很不是滋味。她抱着箱子，感受着猫猫的重量。这么可爱的猫猫都能被退回来？莎莎实在是太可怜了。

"好啦，今天就到此为止吧！我必须得'充会儿电'了。如果你能说出心里话了，那就不用十天，随时把猫送回来就行。"

医生笑着对他们下了逐客令。两人走出诊室。和来时一样，玲央奈手里仍旧抱着宠物箱。两人对视了一眼。

"玲央奈，没想到医生也给你开了猫猫处方。"

“是啊……谁能想到呢……”

“怎么办？你能照顾它十天吗？你家里不是还有一只猫猫吗？”

“小初很乖的。而且它已经上年纪了，不会随便打架的。应该不会……吧。”

玲央奈有些不解，她从来都没想过自己也会遇到这种事情。

家里从来没有来过其他猫。小初只有去打疫苗的时候，才会出门。它是只不谙“人事”，也不谙“猫事”的猫猫。玲央奈不确定它会对莎莎有什么反应。

“尾原小姐。”

前台的护士招手让她过去。玲央奈递上医生的处方后，从护士手里接过一个纸袋。

“这里是一些必需品，还有说明书，请仔细阅读。”

“我来拿吧。”翔佑接过袋子，拿起说明书，和玲央奈一起看了起来。

“莎莎，雌性，两个月，曼基康矮脚猫。早晚各喂一次，适量即可。饮用水常备。及时打扫粪便。此猫处于社会性学习的关键时期，需要通过与兄弟姐妹玩耍，学习“为猫处世”之道。为了避免其长大后伤害他人，请让它好好学习这些要领。请勿让猫猫跑到室外。谨记。”

内容和之前拿到的说明书差不多。对于已经养过猫的人来说，这些话帮助不大。袋子里也只有一些入门级的养猫用品。

玲央奈对事情的发展很是困惑。不仅如此，她还憋了一肚子气。医生这种态度，也太随便了吧！那个医生说了一大堆，什么猫的世界，最后还不是把责任都推给了病人！万一遇上了不负责任的人，最后遭罪的不还是猫吗？

她还是没克制住自己的倔脾气，向护士质问道："你们就这样把猫猫交给别人照顾，未免也太随便了吧？莎莎才两个月大，怎么能这样呢？！"

"这些您可以自己去查。祝您早日康复。"

护士连头都没抬，态度冷漠至极。

玲央奈继续争论道："我家里本来就养猫，所以大概情况我都清楚。但我旁边这位，他可是完全不懂养猫！这样的人，你们也只给一张说明书，这也太过分了吧！"

"'服用'猫猫处方的过程中，想怎么做，要看个人意愿。"

"这话听起来倒也没毛病。"翔佑在后面小声嘀咕了一句。玲央奈瞪了他一眼，他反倒一脸无辜。这小子！看这个护士长得漂亮，就开始帮着外人说话了！

医生没个正经，护士也用鼻孔看人，这什么破诊所，还不如不来呢！

"行吧。反正我哥哥就在流浪猫救助中心工作，有什么不懂的我可以去问他。他最懂猫猫了！毕竟他是专业的，比你们靠谱多了！”

“是吗？刚刚医生也说过，如果心里话说出口了，可以随时把猫送回来。”

“我就纳闷了，怎么你们一个个都在说‘心里话’……”

“祝您早日康复。”

“到底是什么心里话呀？！”

“祝您早日康复。”

无论玲央奈再怎么追问，护士都无动于衷。她甚至搬出了哥哥，给自己充门面，但护士依旧没搭理她。走出门后，翔佑偷笑着说：“头一回看到你在嘴上输给别人呢！”

“气死我了！这个臭护士！”

玲央奈喊的声音太大，连莎莎都在宠物箱里晃了起来。

“啊！对不起对不起！莎莎，我不是冲你发脾气，是对别人……那个医生！护士！我自己！还有你，翔佑！”

“怎么还有我啊……也对，毕竟我算得上是这次的“万恶之源”……不过玲央奈，你来这里或许是件好事。我觉得你应该来的。”

“不不。我也不知道自己刚才为什么会说那种话……”

玲央奈支支吾吾地说道。

翔佑没再追问下去。

“莎莎怎么办？不行的话，放在我家里吧。”

“毕竟是我的处方，还是我来照顾它吧。和我家的猫猫一起养。”

“那你爸妈要是不让怎么办？”

“没关系，我有办法。”

爸爸对猫持无所谓的态度，倒是不用担心。就是妈妈，唠唠叨叨的，估计很麻烦。

不过，俗话说得好——“知母莫若女”。

翔佑把玲央奈送到了家门口。玲央奈紧紧抱着宠物箱，眼神坚定地说道：“谢谢你送我回来。莎莎就交给我吧！”

“那有事儿就给我打电话。实在不行，就放在我家。”

“好！不过应该不要紧。刚刚我问过了，我哥已经回他自己那儿了。”

玲央奈目送翔佑走远。她冷静下来，走进了家门。爸爸还没回来，妈妈在阳台洗衣服。看样子，妈妈心情不错。可一看到玲央奈，妈妈就开始埋怨了起来：“你可真是的！友弥好不容易回趟家，你倒自己跑出去玩了！你这个做妹妹的，也太没良心了吧。”

我也有我的事情要做啊！换作平时，玲央奈的火气早就上来了。但今天，随她怎么说吧。她刚才说自己讨厌妈妈，虽然不是当着妈妈的面说的，但玲央奈的心里还是有些愧疚。

“因为我之前就和翔佑约好了嘛。”

“啊，是翔佑啊。他备考很辛苦吧？但以后进入社会会更苦的。友弥也一样，非要去什么流浪猫救助中心工作！你哥做事那么认真，肯定会把自己搞得很累。”

不管说什么，妈妈都能扯到友弥。平时，玲央奈早就不耐烦了。不过今天，妈妈这话正合她意，玲央奈甚至有些暗自窃喜。

她不动声色地把箱子放到了榻榻米上。毕竟莎莎只待十天，她不想和妈妈吵架，只想让莎莎待得舒舒服服的。她打开箱子的小门，小心翼翼地把莎莎抱了出来。

莎莎像极了一个小毛球。或许是因为紧张，它有些炸毛——柔软的绒毛好像起了静电一样，根根竖立。那双灰蓝色的眼睛有些发愣，不知道该看向哪里。

“啊——”妈妈惊诧不已地说，“什么情况？！”

“它是矮脚猫，可爱吧？人气品种哟！”

“我没问你这个！你从哪里带回来的？不行不行，我们不是已经有小初了吗？”

妈妈没有生气，也没有拒绝。她看上去有些困惑。

玲央奈和莎莎碰了碰鼻尖，说道：“怎么不行？小初会讨厌它吗？”

“当然不行啦！家里突然来了只陌生的猫，它肯定接受不了。”

“也是。那没办法啦！看来只能把你送回到哥哥那儿咯……”

“什么？”妈妈的声音突然变了，表情也严肃了起来。

“因为它是我哥那儿的猫猫啊。本来要在那儿寄养十天，等新主人来接它。但猫猫太小了，我哥照顾不过来，就交给我啦。”

“哦哦，这样啊。那就……”

“还是算了吧！我跟哥哥说一声，让哥哥把它接走吧！”

“那怎么能行呢！”妈妈的态度来了个一百八十度的大转弯，“你哥那儿已经有一只猫了！况且他工作又那么忙……放在家里就行了呀！反正这猫那么小一只。别和你哥说了！”

“能行吗？”

妈妈的话正中自己下怀。玲央奈知道，妈妈一定会偏向哥哥的。这不，妈妈甚至开始自责起来了。要是平时，玲央奈早就坐不住了。但现在，她偷着乐还来不及呢。妈妈小心翼翼地看着莎莎。

“像个小玩偶一样呢！小初不会吃醋吧……”

“小初不喜欢的话，不让它们在一起就好啦。莎莎就留在我房间吧。”

这时，玲央奈感受到了小初的气息。她回头看了一眼。小初什么时候来的？它静静地坐在门边，目光紧盯着这里。它的瞳孔黑黑的，成了一道细线，像一把小刀一样。黄绿色的虹膜也收缩了起来。

小初来到这个家，已经有十四年了。它在想什么，玲央奈都知道。小初轻轻地走了过来。由于起了戒心，它的脚步也变得谨慎了许多。小初竖起了尾巴，左右摇晃着。

怀里的莎莎有些躁动，它挣扎着想下去。但玲央奈没有松手，反而抱得更紧了。

莎莎天真极了，它一定觉得面前的这只大猫能接受自己。但面对一只突然扑上来的小奶猫，即便是温顺的小初，肯定也会受惊的。绝对不能让它们打起来。

小初慢慢靠近。它一边到处闻，一边绕着玲央奈转来转去。随后，它又把脸靠近莎莎，用鼻尖碰了碰它。倒是莎莎不太淡定，一直扭来扭去。

“莎莎，不要乱动哟！小初的认证流程马上就结束咯。”

“对哟，小猫猫。小初的认证可是很严格的呢！”

母女二人紧张地看着两只猫。这时，小初从玲央奈的胳肢窝下闻起了莎莎的小屁股。莎莎的小短腿蹬个不停。

“哎呀！它害羞了吧。”妈妈笑着说道。

小初仔细地闻了一番，然后一屁股坐在了榻榻米上。认证工作终于结束了。

“小初，认证完啦？”

“好像是。小猫猫应该通过了吧！”

无论什么东西，小初都要闻一下。这是猫的天性。但大多数的时候，它只是轻轻一嗅。如果遇到不喜欢的东西，小初的脸上就会露出嫌弃的表情，尾巴也会高高翘起。小初是带着好感来认证莎莎的。即便它的脸上没有表情，但从它凑近时的样子就能看出来。

玲央奈把莎莎放在了榻榻米上。莎莎靠近小初，伸出了小手。它好像也想闻一闻小初的屁股。但小初稳稳地坐在榻榻米上，根本没给莎莎机会。小初的颜色和榻榻米一样，乍一看，它甚至和榻榻米完美地融为了一体。

但莎莎没有放弃。它在小初的屁股和榻榻米之间倔强地拱来拱去。小初依旧面不改色。

“莎莎完全被无视了呢……”

玲央奈和妈妈都在努力憋笑。

小初一直没有理会莎莎。突然，它站了起来，追着莎莎的屁股一通乱闻。莎莎十分抗拒，但它显然不是小初的对手。小初用鼻子顶了一下莎莎的屁股，莎莎便摇摇晃晃地差点儿摔倒。

“哎呀！小猫猫又被闻屁屁了！你看它！害羞得不行呢。”

“小初又要来咯！要来闻小猫猫的屁屁啦！”

“啊——就是现在！莎莎快上！小初走神了！”玲央奈和妈妈看着这两只猫，笑得前仰后合。

那天晚上，小初以压倒性的优势赢下了“屁屁之战”。莎莎一次都没闻到小初的屁股。

盛满热汤的砂锅，一次又一次被端上餐桌。

每逢赏樱季，京都的游客总是纷至沓来，秋天赏枫的季节亦是如此。禅寺周边的餐厅都已经人满为患，玲央奈打工的汤豆腐砂锅店也排起了长队。

玲央奈下课后立刻跑到店里，换上和服，一口气工作到晚上八点。她主要负责端菜、上菜。但人多的时候，收拾砂锅、啤酒瓶，也都是她的活儿。

终于可以喘口气了！玲央奈已经憋了好几个小时，总算可以去趟卫生间了。跟她一起打工的朋友也跑进了厕所。

“再晚一秒，我就要憋不住了！”

“我也是！好险！”玲央奈笑着整理着和服的袖口。

玲央奈在这家店打工，已经两年了。每次客流量大的时候，他们都忙得焦头烂额。

同事重重地叹了口气。她的衣服皱巴巴的。

“我这周不能休息，周六周日也得来上班。你呢？”

“明天开始我就请假咯！”

“真的？学校要考试了？”

“是因为要照顾猫猫啦。”

“猫猫？”

“只是暂时寄养在我家而已。是一只矮脚猫，超——级可爱！”

“猫猫啊。”同事板着脸嘟囔道，“这你还来打什么工啊。我家也养了猫猫。我跟你说，猫猫的童年，可真是转瞬即逝呢！快回去陪它吧！剩下的我来，还有一点儿收拾收拾就好了。”

“谢啦！”

猫猫处方还真奏效了！玲央奈笑了。

确实，陪伴小猫的机会很难得。昨天她已经调了一次班，所以今天怎么说也不能再休息了。但她真的很想多陪陪莎莎。玲央奈急匆匆地收拾好残局，飞奔回家。

“莎莎呢？”

玲央奈急匆匆回到家，累得上气不接下气。她把鞋子胡乱一踢，火急火燎地开始寻找莎莎的身影。

妈妈笑着说道：“这都九点了，早就睡了。”

“啊——还是回来晚了！”玲央奈有些失落，但她还想再看看莎莎。她轻轻拉开了拉门。小初之前总在这间有榻榻米的屋子里睡觉。但最近它改变了习惯，随时会出现在家里的各个角落。出现在哪里，全看它的心情。莫非，今晚轮到莎莎睡在这里了？

屋内的角落放着一张坐垫。小初脸朝着墙，侧躺在坐垫上。玲央奈环视四周，却不见莎莎的踪迹。衣柜上也没有，那还能在哪儿呢……

难道……

玲央奈走近一看，莎莎居然躺在小初的怀里！两只猫相拥而眠，紧紧地贴在一起。

太可爱了吧！

玲央奈许久才回过神来。她发现自己刚才一直大张着嘴，连口水都要流下来了。她又呆呆地看了一会儿，才恋恋不舍地回到了客厅。

“它俩正搂在一起呢！”

“是呀！它们俩关系可好了！虽然莎莎很淘气，总是到处乱跑，但小初一直很宠它。说不定，小初把自己当成莎莎的妈妈了呢。”

“原来是这样啊。”

玲央奈心头一颤。原来不仅人类会被小奶猫治愈，连猫猫们也是如此啊。

妈妈的表情也比平时温柔多了。

“看到莎莎，我就想起小初小的时候。当时你哥哥非让我养，我只能同意了。照顾它可麻烦了呢！小初当时还没断奶，只能吃点儿流食，有时又是吐又是拉稀的。”

“还有这种事？”

小初刚来的时候，玲央奈才五六岁。所以小初小时候是什么样子，玲央奈早就不记得了。她更不记得小初给妈妈添乱的事。她只是把小初当作童年的玩伴，根本没想过会有这么多事情。

“那会儿你哥哥学习不太好，和朋友还总闹矛盾，可让我操心了！本来，我以为小初能陪陪他的。没想到，小初跟他一点儿都不亲。还好你哥是个善良的孩子，对小初一直很好。”

“妈妈，小初还是跟你更亲。”

“可不是嘛！我都觉得你哥有点儿可怜了。”

妈妈看着远处愣神。又是这样……明明在说猫的事，怎么又聊到哥哥了。妈妈还真是时时刻刻想着她的亲儿子啊。

“哥哥也养了只猫猫，但咱们还从来没见过他的猫猫呢。感觉它应该能和小初玩到一起！下次让哥哥把它带过来吧。”

“可你哥的猫猫是只黑猫啊。你不是讨厌黑猫吗？”

什么意思？玲央奈还没来得及问，玄关就传来一阵动静。原来是爸爸从公司回来了。爸爸每天都很晚回家，总是一脸疲惫的样子。

“哎哟——累死我咯！随便弄点儿吧，我不太饿。猫猫呢？打架了吗？”

“还剩了点儿鲑鱼，这就给你做茶泡饭。猫猫在屋里睡觉呢。它们俩好着呢。”

“那就好。”父亲头也没抬，接着朝玲央奈说道，“你呢？你怎么样？”

“挺好的。”

“学校里没什么事吧？”

“没事，都挺好的。”

“那就好。”父女俩好像没什么可聊的。但莎莎来了以后，两人说的话还是比以前多了一些。

“你说……我妈该不会一直很愧疚吧？说不定她觉得，她从哥哥身边把小初抢走了呢。”

这一天是周六，已经是玲央奈“服用”猫猫处方的第八天了。学校没有课，玲央奈在家里舒舒服服地睡了个懒觉。下午，她去了翔佑家，顺便把莎莎也带来了。

莎莎四脚朝天地躺在地上。翔佑用手抚摸着它的肚子。

“小初本来是友弥哥养的吧？后来就一直待在你家了？”

“嗯嗯。我哥从小就爱养花鸟鱼虫啊、猫狗啊之类的。小初是我哥养的第一只猫猫，但它只跟我妈亲……我哥肯定很伤心。其实我也挺后悔的，早知道就帮我妈一起照顾小初了。所以，我打算从现在开始弥补它！我会尽量多陪陪小初的。这周我就不去打工了。”

“这样啊。”

莎莎尽情享受着翔佑的抚摸，还时不时轻咬一下他的手指。

“哎哟，疼疼疼！这小家伙，牙越来越尖了！说明书上还说，得让它多跟兄弟姐妹一起玩，学习‘为猫处世’之道。但它也没有兄弟姐妹啊。”

“都是小初在教它。莎莎总在小初周围打滚，还总用脑袋撞小初。它太能折腾了！小初可能没什么力气跟它玩，就在边上静静陪着它。”

“但莎莎还是在乱咬人啊！是不是因为年龄差太大，小初太宠它了？”

“是吧，我也这么觉得。”

小初已经老了，但莎莎正是活力四射的年纪，陪它玩确实太累了。

“疼疼疼！”翔佑抽开了手，大喊道，“不行不行——太疼了！玲央奈，还是你来吧！”

“我也怕被它咬啊！”

“你家一直养猫，你早就习惯了吧？”

“小初可不会乱咬人。它就算生气，也只是朝人哈气而已。我哥才是真的习惯了！他不是在流浪猫救助中心嘛。好家伙！他手腕上全是伤口，连他的鼻子都被猫咬过呢！”

“照顾动物可真辛苦啊。它们太淘气了，还总想着逃跑。”

“就是就是！我也挺佩服我哥的。他平时上班天天跟猫猫打交道，竟然还在家里养了一只！几年前，他把中心的一只猫猫领回家了。当时我还不懂，现在想想，可能是为了弥补小初给他留下的那份遗憾吧。”

“是因为小初被你妈妈‘抢走了’？”

“应该是。”

玲央奈看着莎莎，它正慢悠悠地朝床挪着步子。

“对我来说，小初就是家人，所以它和谁更亲都无所谓，只要它健康快乐就好了。但是莎莎不一样！莎莎太可爱了，我想让它只喜欢我一个人。这就是所谓的‘占有欲’吧。我哥当时可能也是这么想的吧。所以，看到小初不愿意亲近他，他应该很难受吧……我哥很温柔，这种事他也不会怪别人的。”

“感觉你和家人的关系好了很多啊！双管齐下，还真挺有用的！”

玲央奈苦笑了两声。翔佑这话说得，好像那个医生有多厉害一样！突然，翔佑一本正经地说道：“不过啊……那些话，我劝你还是别说了。”

“什么话啊？”

“就是你之前说的，你讨厌你妈妈啊。”

“呃……”玲央奈直冒冷汗，急忙辩解道，“不不不，那是……”

“有些话能说，有些话不能说。像这种话，一旦说出口，可就收不回来了。你可千万别冲动啊！”

“翔佑，其实……”

“唉，但如果你非要说的话，那我陪你一起吧。我之前和爸妈坦白，我不想考京都大学了。那时候还好有你在我身边。我和我爸妈也总吵架。当时要是没有你，我可能会说出伤人的话吧。”

“是……吗？”

“嗯嗯。”翔佑笑得暖暖的。

他这么开朗、这么温柔的人，竟然也会和父母闹矛盾？原来不只有自己这样。玲央奈心里好受了一些。

“谢谢你啊。但是我确实没什么想和我妈说的。我……”

其实玲央奈还是有话想说的。不过，她那天已经说给那个医生了。在诊室一吐为快后，玲央奈如释重负，平静了很多。

“其实我想说的话，早就说出口了。所以现在我已经没事了。”

家家有本难念的经，外人是不会懂的。

玲央奈抱着箱子回到了家，妈妈立刻迎了上来。

“玲央奈，小初好像一直在找莎莎。”

“啊？怎么会这样？”

玲央奈刚把箱子放下，小初就喵喵地叫着，竖着尾巴凑了过来。看到莎莎后，小初高兴极了。莎莎走出箱子，尾巴也直直地立着，像鸡毛掸子一样蓬松。它们俩似乎在用尾巴交流。

玲央奈凝视着小初和莎莎，不仅因为她觉得它们很可爱，还因为妈妈也在看着它们。

“小初可真宠莎莎啊！要是莎莎走了，它肯定很难过吧。”

“嗯，是啊。小初应该很想有个伴儿吧。”

“这也没办法……毕竟莎莎是友弥他们救助中心里的猫啊。”

玲央奈有点儿难过。短暂的陪伴，反而会让小初感到寂寞。小初伤心了，妈妈也会伤心的。自己当时没想到，事情会变成这样。

要不干脆把莎莎留下吧！玲央奈不止一次这样想过。

猫的陪伴是很长久的。小初刚来家里的时候，玲央奈还是个小孩，而现在她已经长大成人了。

选择养猫，就意味着让猫成为人生中一部分，陪伴自己度过相当长的一段时间。玲央奈深知这一点，所以她没法草率地留下莎莎。

手机响了，是汤豆腐店打来的。今天并不是自己值班呀。玲央奈有种不好的预感。

果然，店长说有员工身体不舒服，想让玲央奈过去顶班。玲央奈十分不情愿，可对方语气急切，说店里接到了一大批订单，现在急需人手。玲央奈闷闷不乐地挂断了电话。

“怎么了？”

“店长说现在店里急缺人，让我过去呢。”

“哦哦，那你就去吧。那莎莎的饭，就让妈妈来准备好不好呀——”妈妈美滋滋地说道。

莎莎听到“吃饭”二字，也凑了过来。玲央奈更郁闷了。

她突然发觉，这种郁闷不仅是因为自己将要失去莎莎，更是因为妈妈对莎莎太好了，甚至比对自己还好。

“像对小孩子一样。”

“嗯？你刚才说什么了吗？”

“没什么。妈妈，莎莎的饭就靠你啦。还有，小初的饭要少给一点儿，吃不完的话就直接倒掉。哥哥说的。”

“哎呀，好好好！都听你哥的。”

一提到哥哥，妈妈就会心情大好。玲央奈觉得妈妈也像小孩子一样。

来店里帮忙，真是一个错误的决定。

一到店里，玲央奈就发现这里已经不只是“人手紧缺”了。店里座无虚席，除了预约包房的客人，散客也络绎不绝。服务员和厨师一刻不停地忙碌着。

终于送走了最后一位客人。客人离开时还在称赞汤豆腐的美味。玲央奈在卫生间碰到了同事。她连上了七天班，看起来已经筋疲力尽了。

“小玲，辛苦你了！休息的时候还要过来。不过多亏有你在呢……这还是我今天第一次上厕所。”

“这也太惨了！整整忙了一天吗？”

玲央奈也是。她忙得都没有时间去卫生间，甚至连水都没喝上一口。

“对啊！根本没空去厕所。之前有一次，我憋尿憋得太久，结果得了膀胱炎！可难受了……你得过吗？”

“呃……我没有。不过，你得多注意啊。”

“好的。剩下的我来做，你先回去吧！猫猫还在等你呢！珍惜和猫猫相处的时间哟。”

幸好有她在。喜欢猫猫的人，总是这样充满善意。明明不是自己家的猫，却也能心生怜爱。

玲央奈道了谢，离开了店里。她感觉自己的脚步有些轻飘飘的。一阵困意袭来，她的身体开始发烫。家里那两只小家伙，一定又抱在一起睡觉呢吧。猫猫的体温本来就高，要是再紧紧贴在一起的话，会有多暖和呢？

玲央奈回到家的时候，已经十点多了。可能因为很久没去店里了，今天她感觉自己格外疲惫。她的视线变得模糊，身体也非常乏力。怎么感觉有点儿不对劲……

玲央奈本来以为自己只是有点儿累，但她终于察觉到了一丝异样。她的身体滚烫，明明刚在车站上完厕所，现在却又想去了。甚至小腹也有点儿疼，这是以前从来没有过的痛感。

从厕所出来的时候，玲央奈脸色苍白，已经直不起腰了。妈妈换了睡衣，正在客厅看电视。

“妈……妈妈……”

她用微弱的声音呼喊着。妈妈立刻皱起了眉头，回应道：“怎么了？你的脸色怎么这么差？”

“有很多血，马桶里……全是血。”

“什么？！”妈妈立刻冲了过来，用手摸了摸她的额头。“怎么这么烫！肯定是膀胱炎……一发烧的话，可就危险了！我之前在电视上看过。”

“真……真的吗？”

玲央奈被厕所里血淋淋的惨状吓得不轻。突然，一阵针扎似的刺痛朝她的小腹袭来，她感觉自己快要撑不住了。

“急诊！马上去急诊！孩子他爸——”

妈妈把正在洗澡的爸爸从浴室拽了出来。他还没来得及擦干头发，浑身湿漉漉的，就开着车直奔医院。玲央奈被送进了急诊室。那种难以形容的疼痛，让她坐立不安。

检查结果显示她是肾盂肾炎。她从没听过这个病的名字。

医生说是细菌感染导致的肾脏发炎，原因是长时间憋尿和身体缺水。

虽然情况不是很严重，但今晚还是需要住院观察。玲央奈躺在病床上打着点滴。妈妈就坐在旁边的折叠椅上。

“你也真是的……明明是猫猫才容易得肾病。结果猫猫没事，你却倒下了。”

“对不起，妈妈……我应该多喝水的。今天太忙了，我根本没想起来。”玲央奈也没想到，只是少喝了两口水，竟然直接住了院。

玲央奈无力地望着天花板。从小到大她几乎没怎么生过病，住院让她感觉很不自在。干燥的空气，冰冷的床单，这里的环境令人不自在。

但是，妈妈就在身边，一直在陪着她。她突然希望妈妈能像小时候那样，和她一起睡。但这肯定是不可能的。这一刻，她似乎明白了不安和寂寞究竟是怎样的感觉。

家里的两只猫也是抱在一起睡的，它们总是紧紧地贴在一起。她望着病房的天花板，轻声问道:“小初和莎莎，它们俩今天也搂在一起睡的吗?”

“嗯。刚才可能被我们吵醒了，但应该马上就又睡着了。尤其是小奶猫，总爱睡觉。”

“莎莎走了的话，小初又会变得孤单了。”

“没办法，友弥家里不是也只有一只猫猫嘛，和咱们一样。”

又是友弥、友弥……玲央奈忍不住笑了。

“哥哥的猫到底长什么样啊……真想让他带过来看看。听说它很乖。”

“说什么呢，你不是不喜欢黑猫吗？”妈妈愣了一下，然后无奈地笑了。

又是这样，之前她也在妈妈脸上见过这样的表情。玲央奈侧过头去，看向妈妈。

“我没说过我不喜欢黑猫呀。只要是猫猫，我都喜欢啊。”

“嗯？但友弥最开始带回来的猫猫就是黑色的啊。是你说害怕黑猫，不想让它留在家里的。你不记得了吗？”

玲央奈有些不知所措。自己害怕黑猫？哥哥最开始带回来的猫？

妈妈继续笑着说道：“你说漫画里的黑猫都会用黑魔法，所以你吓得一直哭。友弥没办法，只好把黑猫送回朋友那里了。你哥心疼你，所以就没把它留下来。友弥从小就很体贴妹妹啊……后来，正好遇上没人领养的小初，你哥就把小初带回家了。你真不记得了？”

“不记得了……”

她怎么也想不起来妈妈说的这些往事。哥哥带回来过黑猫，是因为自己害怕，那只猫才被送了回去？小初代替那只黑猫来到了他们家，但它却始终不亲近哥哥……

心灵诊所的医生之前说过，谁的命运会改变，会发生什么样的改变，我们无从得知。

这么一看，玲央奈的无心之举改变了很多事情。可没人说得清，哪些变化是好，哪些变化是坏。小初来到他们家是好事吗？被送回去的黑猫又怎么样了？

如果，当时被留下的是那只黑猫呢？

哥哥一定会非常宠爱它吧。虽然哥哥也很爱小初，但他肯定会更宠爱那只黑猫。如果是那样的话，哥哥还会从事现在的工作吗？他的人生又会发生什么样的改变呢？

几年前，哥哥又收养了一只救助中心的黑猫。是不是因为他想到了当年没能留下的那只黑猫呢？

这些问题永远没有答案了。一切都已成定局。

第二天一早，玲央奈出院了。回到家里，小初慢悠悠走过来迎接她，脖子上的铃铛发出“丁零丁零”的声响。现在，它的动作比以前慢了不少，铃声也变得柔和起来。

小初用小脑袋轻轻蹭着玲央奈的脚背。一直以来，玲央奈都把它的亲昵当作理所当然的事。

“小初。”

玲央奈低头看向卧在自己脚边的小初。她一蹲下，小初就迅速跑开了，它朝着正在午睡的莎莎跑去。猫的一天中，大部分时间都在睡觉。莎莎还在呼呼大睡，小初直接在它旁边趴了下来。听别人说，两只猫的年龄如果差得太多，它们就不容易相处了。但显然，它们俩是个例外。或许小初和莎莎的相遇，冥冥之中早有安排。

小初就像个大姐姐一样，温柔地保护着莎莎，从没有抓过或者咬过它。

突然，玲央奈说出了藏在心底的话：“小初，谢谢你来到我身边。”

她突然意识到，她所拥有的一切，都不是理所当然的。

住院的时候，是妈妈把自己的东西都拿了过来，陪伴自己。爸爸为了接送自己，特意和公司请了假。其实这些，都不是理所当然的。

“妈妈，爸爸，谢谢你们。”

“好孩子，没事的。别忘了好好吃药。”

妈妈这么一说，玲央奈突然想起来——今天是莎莎到家的第九天。医生说过，如果心里话已经说出来了，就不用等到第十天，可以提前把猫还回去。

“爸爸，妈妈，我有话要跟你们说……”玲央奈一脸认真地说道。

她面前的父母二人感到有些奇怪，疑惑地看了看彼此……

玲央奈来到了诊所，那位强势的护士正坐在前台。她头也不抬地问道："尾原小姐，猫猫处方还剩一天的量。您现在就要归还猫猫吗？"

"不是。我把猫猫放在家里了。我来是想和医生说件事。"

护士瞥了她一眼，说道："好的，那请进吧。"

玲央奈有些紧张。她走进诊室，静静等待着医生。如果被拒绝了怎么办？她突然有点儿后悔。应该再早点儿来的！说不定已经有人想领养莎莎了……想到这里，玲央奈坐立不安。

医生掀开帘子走了进来。玲央奈"唰"地一下站了起来，朝医生冲了过去。

"医生！"

"哇！吓我一跳！"医生惊讶地说道，"怎么了呀？"

"我想领养莎莎！我会把它当成小初的妹妹一样来对待，我肯定会照顾好它的！您就让我领养莎莎吧！拜托了！"

医生被逼到了墙角，他苦笑着说："您这也太急了吧！脸都快贴到我的鼻子了……好好好，您先冷静一点儿。来，快坐下，深呼吸——"

玲央奈坐了下来，她深吸一口气，又慢慢地呼了出去。

医生微笑着说道："这回好点儿了没？您和妈妈的关系，还是不好吗？”

“呃……已经……已经没事了。其实吧，我也不是讨厌妈妈……只是因为她总是只想着哥哥，我有点儿吃醋，所以才耍脾气的。”玲央奈的脸红了。

“哈哈哈，原来是吃醋了啊！吃醋，哈哈哈哈……”

玲央奈不想理他。

她感觉很羞愧，咬着牙默默平复心情。

冷静了一些后，她继续说道：“一直以来，爸爸妈妈为我做了很多。只是，我一直把他们的付出当成理所应当的事。其实我很感谢他们……还有我的猫猫小初，我也很感谢它。对了，还有莎莎！因为有它在，小初才会这么幸福。我希望它们俩能一直这样互相陪伴。我已经和家里人商量过了，您就同意让我们领养莎莎吧！”

玲央奈说完后，向医生深深鞠了一躬，心里默默祈祷着：希望现在还没有人领养莎莎，让莎莎留在我家吧……

医生轻哼了一声。玲央奈抬起了头。

他笑着说道：“您来得太晚啦！我还以为您会再早点儿来呢！”

“对……对不起……我一直没做好心理准备。”

“不过确实，毕竟养猫是件长期的事情嘛。但是……要是您再早一点儿就好了啊！真是的，就差那么一点点呢。”

“这……”

玲央奈很失望，看来自己还是没赶上……她咬紧嘴唇，努力忍住眼泪。

这时，护士“唰”地一下拉开了帘子。

她瞪着医生，说道：“米奥医生，您刚刚不是还说，要再延长一下猫猫处方的时间吗？怎么？现在又变卦了？欺负人家干吗！”

护士劈头盖脸地骂了医生一顿。然后，她调整了一下情绪，看向玲央奈，说道：“现在莎莎还没人领养呢。如果您想领养它的话，我把负责人的联系方式给您。您自己去问一下吧。对了，得提前跟您说一下，您得出钱买下它才行。没办法，毕竟莎莎是人工繁育的小猫。”

“好……好的！”

护士犀利的眼神，让玲央奈有些害怕。但她还是用力地点了点头。

“我打工已经攒了一些钱了。这个没问题的！”

“好的。米奥医生，您别再说这种废话了。预约的患者马上就要来了。”护士冷冷地说完，然后转身回到了帘子后面。

医生有些不服气地嘟囔道：“开个玩笑而已嘛，干吗发这么大的火……”

“医生……”

“怎么了？”医生微笑着回应道，仿佛刚才无事发生一样。

“您是叫……米奥吗？”

“嗯。但我以前不叫这个名字。哦，对了，莎莎的名字也是别人给它起的。等您收养了她以后，可以给她起个新名字。毕竟到时候您就是它的主人了嘛！”

这个医生的名字很奇怪，他说的话也很奇怪。一听到能给莎莎起新名字，玲央奈的脑海里立马浮现出了几个名字，都很适合可爱的猫猫，但她马上打消了这些念头。

莎莎就像玲央奈那样，被大家爱着。它是喜欢咬人的莎莎、总是贪睡的莎莎、一起床就搞破坏的莎莎、小初最喜欢的莎莎。

“不改啦！莎莎就是莎莎！”

“好啊。”医生微笑着说。玲央奈都快忘了，这个医生长得和自己的哥哥简直一模一样。

玲央奈走出了诊室，护士把她叫了过去。护士递给她一张纸，上面写着负责人的联系方式。玲央奈目不转睛地盯着这张纸。

“那个……”

“怎么了？”

“这位负责人，我随时都能见到他吗？还是和你们这儿一样，得提前预约啊？”

“这个嘛……”护士冷淡地说道，“我也不太清楚。不过，您要是担心的话，怎么不去问问您的哥哥呢？他不是猫猫专家吗？”

这个护士看着十分冷漠，但玲央奈之前说过的气话，她倒是记得一清二楚。虽然她一直板着个脸，但还是把负责人的信息告诉了自己。她和那个医生一样，都是奇怪的人。但现在，玲央奈甚至觉得她有些可爱。

“其实我之前说的那些话，都是虚张声势啦！我哥确实很了解猫猫，但要说他对关于猫的事无所不知，那还是有点儿夸张了。毕竟有的时候，他真的很迟钝。”

“哦？”护士瞥了她一眼，“但他是哥哥，年纪比您大呀。”

“那又怎么样！在我们家，反而是哥哥更让爸妈操心呢。”

“这样啊。反正和我也没什么关系。请多保重。”

护士又变得和之前一样，一脸冷漠。这里的医生和护士，肯定都跟自己有什么缘分吧。就像小初阴差阳错地来到了家里，就像莎莎机缘巧合地成了自己的猫。冥冥之中，仿佛一切早已注定。

走出了小巷，玲央奈又回头看了看那条巷子。巷子尽头一片漆黑，什么也看不清。

从今天开始，家里又多了一位新成员。

以后，她再也不用来这儿开猫猫处方了吧。

不过，要是谁有烦心事的话，就让他来米奥医生的中京心灵诊所吧。

# 故事

猫を処方いたします。2

# 四

猫猫闭上眼睛的时候，
想的
都是和你的
美好回忆

# 中京心灵诊所

## 【处方笺】

来访者姓名：尾原友弥　年龄：30　性别：男

身份：流浪猫救助中心副部长

症状：工作时走神、出岔子

【处方猫】

| 品种 | 性别 | 年龄 | 姓名 |
| --- | --- | --- | --- |
| 混血 | 雄性 | | 来奥 |

医生：来奥　护士：千岁

自己是从什么时候开始不想回家的呢？

尾原友弥握着公寓的门把手，却迟迟没有打开门。他屏住呼吸，侧耳倾听。“滋——”，回应他的，只有走廊里的灯管发出的微弱声响。

友弥轻轻叹了口气，走进了漆黑的房间。他打开灯，把包放下，脱掉了外套。他眼神空洞，机械地完成了一连串的动作。

这就是他每天的生活。以前，他一下班就火急火燎地跑回家，满怀期待地冲进房间，但这已经是很久之前的事了。友弥将目光投向那个三层的猫笼。这个不锈钢的猫笼，看起来比友弥稍微矮一些，笼子每层之间都有挡板间隔。猫笼的正上方还挂着一张吊床。

但现在，这些都用不上了。

猫笼的最下层，有猫砂盆和食盆、水碗，还有一只黑猫蜷缩成一团，背对着他。这只猫的黑色毛发看起来油光锃亮，肚皮有规律地起伏着——它在呼吸。

“米奥。”

友弥轻唤一声，走到笼子前，跪在地上仔细查看。黑猫安静地睡着，除了呼吸，没有其他动作。友弥看了一会儿，打开了笼子的门，开始检查猫粮和水的情况。

猫粮吃了一半，水大概喝了二百毫升。友弥拿出猫砂盆，又确认了一眼大小便的情况，看来今天它也好好上厕所了。友弥这才放下心来。

“米奥，咱们来梳梳毛吧！”

友弥把黑猫从笼子里抱了出来。黑猫的四肢软绵绵的，头也无力地耷拉着，只能靠友弥轻轻扶着它。友弥盘腿坐下，让猫躺在自己怀里。他用橡胶毛刷仔细地梳理着它的毛发。

“怎么样，舒服吧？”

友弥抬起手，梳了梳米奥肚子上的毛。米奥一动也不动，所以友弥给它梳毛几乎没花什么力气。即便如此，他也会尽量轻一点儿。千万不能把它弄疼了。突然，友弥停了下来。

米奥的上睫毛是一片浓密的黑色，小鼻子和胡须也是黑色的，就连它的肉垫也是黑色的。如果不凑近看，根本看不出它的五官。这只猫就像诞生于黑夜的王子，除了满月一样的眼睛，全身都是漆黑的。他在灯光下优雅地踱步时，黑色的毛发闪着油光，就像一条柔顺的黑丝绸。真的很美。但友弥已经好几个月没看到这种场景了。

最近，他甚至连米奥金色的眼睛都没看到过。

“不错啊，米奥。变得更帅气了！好好睡吧。”

友弥把米奥抱在怀里，埋下头去，深深吸了一口气。真好闻啊！像柔软的棉被晒过太阳后的味道。他感觉，小小的房间里住了一个小小的太阳。

友弥轻轻托起米奥的头，感受着它呼吸的起伏。米奥鼻尖喷出的热气暖暖的，它的身子完全放松了下来。只有那条长长的尾巴，还是像往常一样左右摇摆着。它又在做什么美梦呢？

友弥把米奥放回笼子里，摸了摸它的后背，然后关上了笼门。

今晚，米奥依旧睡得很香。

“尾原，有什么烦心事儿吗？”救助中心的部长太田有些担忧地问道。

友弥一如既往，橡胶长靴配橡胶手套，正在洗猫砂盆。

“当然有啦。怎样开展工作更好、怎样才能降低员工辞职率，很多烦心事儿呢。”

友弥笑了笑，又开始低头涮洗猫笼和食盆。即使这些捐赠的物资并不脏，给猫猫们使用前，也必须全部清洗一遍。万一这些盆盆罐罐上带着病菌就麻烦了，可千万不能让猫猫们得上传染病。

工作堆积如山。一整天的时间，光是打扫卫生都不够。况且还要出门谈事情，友弥更忙不过来了。烦恼当然没完没了。

友弥在一家流浪猫救助中心——“京都之家”工作，已经有七年了。他虽然是这个中心的副部长，但其实也只是徒有虚名。平时，端茶倒水和清理粪便之类的杂活，也需要他亲力亲为。救助中心一直缺少人手，所以其他员工和临时工也和他一样，什么活儿都得干。

就连太田部长，也免不了要承担修剪盆栽和更换灯泡的工作。这一天，太田还是和往常一样，穿着连体工作服，手里还拿着镰刀。他年近五十，性格爽朗，是个很好相处的人。

“我不是说工作的事，我是说你自己的生活。你是不是有什么心事啊？如果生活上有困难，可以随时找我聊聊，可别有压力啊！”

“您怎么这么问啊？我看起来像是有心事的样子吗？”

友弥一边洗笼子，一边苦笑着说道。

“那倒……没有。就是感觉你最近好像显得有点儿疲惫。”太田支支吾吾地说道。

平时，他们忙得根本没时间闲聊。今天他特意跑过来跟友弥说话，肯定有什么别的事。

友弥取下橡胶手套，拿出小刷子，开始仔细清理笼子的角落。

“哪有啊，大家不都很辛苦嘛！您肯定比我累多了。工作的事那么多，您肯定很头疼吧？希望这次的领养活动一切顺利，可别再像上次那样出岔子了。”

“啊，上次啊……上次搞得确实很尴尬。这次活动之前，咱们可得开个会，好好商量一下。”太田念叨着。

心理疏导的话题，总算是糊弄过去了。

友弥关上了水龙头，他的衬衫已经湿透了。今天天气不错，他打算把洗过的笼子放到外面晒一晒。

先去搬物资，再去接新一批的流浪猫，然后回来给猫剪毛。性格温顺的猫，一般都是由其他员工来剪毛。但还有很多猫脾气暴躁，一个人根本控制不住。每当这时，就轮到友弥上场，充当“定海神针”的角色。

“部长，我得先去接那三只流浪猫。能不能等我回来再开会啊？”

“没问题。流浪猫可真不少呢。这年头养猫的人很多，但是送到咱们这儿来的流浪猫也越来越多了。唉，希望大家都能理解咱们的辛苦啊。不仅工作累，经费也总是不够用……”

太田沉重地叹了一口气，但他立刻又用力摇了摇头。

“不行不行！不能这么消沉！咱们的口号可是——明亮喵！整洁喵！精神百倍喵喵喵！来！尾原，咱们一起来！明亮喵！整洁喵！精神百倍喵喵喵！”

“呃……我就算了吧。”

友弥无奈地转过了身。

太田人很好，就是有时太过于充满激情了。友弥从小就不喜欢人为制造出来的活跃氛围。小时候，别人就经常说他像个小大人，还有人说他没有朝气。但友弥并不在意这些评价。

在救助中心工作，总会面临各种突发状况。现场的惨状经常令人不忍直视，但友弥总能冷静应对，从不推托，也从不逃避。他知道，眼泪和抱怨都解决不了问题。对于从事动物保护工作的人来说，更是如此。如果在工作中掺杂太多个人情感，就很难再坚持下去了。很多员工就是因为承受不了这些压力，才无奈提出辞职的。

所以，友弥一直保持着自己的节奏。他巧妙地控制着自己的情绪，理性地完成自己的工作。

目前为止，他的方法一直非常奏效。

“尾原君，你最近有什么心事吗？”坐在副驾驶座位的寺田圆花问道。

友弥略感尴尬。他装作平静的样子，故意不去看她。

他一边开车，一边说道：“没什么大事，就是这几天工作总出岔子。”

“就是因为你不是那么马虎的人，我才问的呀！感觉你最近总是心不在焉的。”圆花故作轻松地说着，语气里却饱含关心。

友弥装作没有察觉到。

“我是不是总出岔子？”

友弥佯装镇定。自己怎么会犯这么低级的错误呢！他们本来开着车去拉物资，到了目的地才发现，友弥根本没有下订单。今天要拉的猫粮、猫砂和尿垫全是救助中心急缺的物资。幸好负责人体谅他们辛苦，允许友弥先把货拉走，事后再补上订单。商家不仅以优惠的价格交付货物，还通融到这个地步，友弥羞愧地连连道歉。

其实，友弥也意识到自己有些不对劲。他一天到晚总是迷迷糊糊的，不是记错日期，就是弄错时间。

这样下去可不行。他的大脑总是控制不住地出神，那些积压已久的负面情绪也时常在心里翻涌。每次当他回过神来时，才发现早已经错过了和别人约好的时间。虽然他有意识地提醒自己别去想那些事，但一些乱七八糟的想法总是自己蹦出来。

“别开玩笑了！昨天开会的事，我不是给忘了嘛。还好有你提醒我！要是你都忘了，谁来叫我呀！”

“最后咱俩不还是一块儿迟到了嘛！”

想起前一天的事，友弥不禁扑哧笑出了声。他慌慌张张地跑去叫圆花开会。圆花完全没注意到午休时间早已结束，她还趴在桌子上呼呼大睡呢。

“那倒是……我真是服了自己了！在家靠女儿，在中心还得靠尾原你啊！不然的话，我怎么能安心睡大觉呢……哎呀，刚才说的什么来着？对对对，你的心事。”

圆花说话总是爱跑题。不过这次，她快速切回了正题。

“你要是累了，可得好好歇一歇呀！尾原，你平时加班最多，还总是抢着出差。你每周是不是只歇一天呀？”

“我偶尔也会请假的，前两天刚回了趟家。”友弥笑着说道。

圆花比他大几岁，工龄和他差不多。她是单亲妈妈，女儿正在上小学。

圆花并不是特别喜欢动物，也没有特别偏爱猫。只是因为救助中心离她家近，她才来这里工作的。圆花刚来的时候，她的女儿还很小，转眼间，她已经上小学四年级了。

“部长也说，感觉你最近有点儿不对劲。”

圆花的声音变得有些低沉，她认真地说道：“你要是累倒了，或者辞职了，那咱们中心的员工们可怎么办呀！领养活动也得靠你，只要你在中间牵线，猫猫总能找到合适的领养人。你总能发现人和猫猫之间的缘分！”

“那都是巧合而已啦。猫猫能找到领养人，还得靠训导员好好调教它们。其实，我自己反倒和猫没什么缘分。”

自己竟然说出这种自暴自弃的话来。友弥不禁心底泛起一阵寒意。

但圆花似乎并没有注意到友弥话里的深意。

“总之，要是你有什么烦心事，可千万别憋在心里！还是找人谈谈心比较好。我听我女儿说，心医生的宠物医院旁边，有一家很不错的心灵诊所。”

“须田心医生吗？”

“对！我女儿的同学的妈妈……呃……的一个朋友的孩子去过。从六角街右拐……还是左拐一下就到了。”

“这也太复杂了。”

“那儿的地址标识太复杂啦！一会儿往北，一会儿往南的。我刚嫁到京都的时候，根本听不懂这些说法！人们指路的时候说得可复杂了，好像要故意为难你一样！但我前夫就喜欢这么说，好像这样才能体现出他这个生长于千年古都的文化人的优越感。我在这儿待了好几年才慢慢习惯……你老家是山科的吧？山科都快到滋贺县了啊。这样说，山科人会生气吧？毕竟山科也属于京都。唉，说到底东京女和京都男怎么可能走得长久呢……哎呀，好像又扯远了。诊所的地址我一会儿发给你。就是心医生一直在给你的猫猫看病吧？那下次你带猫猫去看病的时候，顺便去一趟心灵诊所就好啦。”

须田宠物医院坐落在富小路街上，须田心医生是这里的主治医生。须田心对动物救助工作十分用心，他不光负责救助中心的动物体检，还经常陪友弥他们出差。就是须田心救了米奥，还一直给它治疗。其他被救助的猫，也多亏了须田心的帮助。

当时，他们只从现场救出了两只猫猫。那已经是三年前的事情了。

友弥尽量让自己的语气显得平静，说道："我的猫猫，已经不在心医生那里看病了。"

"是吗？换医院了吗？"

"嗯，心医生的医院离我住的地方有点儿远。"

"那确实不方便……我总觉得，找心理医生倾诉不是那么容易的事，还是去个口碑好的地方吧。有些事情只要说出来了，就会轻松很多，对吧？当然……其实我也愿意听你倾诉啦，只是我女儿总是吐槽我不会聊天，我老是说着说着就把话题给带偏了。"

"哈哈。"友弥忍不住笑出了声，他继续看向前方，说道："谢谢你啊。有时间的话，我就去看看。"

"好的。一定要去哟！"

圆花松了一口气。太田和圆花都是善良的人，他们对猫和人都很温柔。友弥觉得自己是个糟糕的人，根本不值得别人关心，周围人的关注反而会让他心生内疚。如果他把自己压抑的情绪都发泄出来的话，一定会给周围的人带来困扰。

所以他不能跟同事们倾诉，也不愿意去找朋友或家人倾诉。何况，他根本就不知道该怎么开口。

有些话，是不能说出口的。

尽管如此，友弥还是把圆花的话默默记在了心里——有些事情只要说出来了，就会轻松很多。

没过多久，他就在机缘巧合下见到了须田医生。

须田宠物医院藏在中京区一条狭窄的巷子里。那里有一栋老旧的小楼，这栋楼就是须田宠物医院了，楼后面还住着人。须田宠物医院很是老旧，没有先进的医疗设备，只有旧型号的X光机和血液检测仪器。医生给宠物看病主要靠基础的听诊和问诊。

这里的患者主要是狗和猫。宠物医生不可能对所有动物的情况都了如指掌，但许多来这里给宠物看病的主人显然并不这么认为——友弥看着候诊区的公告栏，上面贴满了各种小动物的照片。宠物医生真是份辛苦的工作啊！一张照片上面是一只仅有手掌大的乌龟。对它的主人来说，小乌龟也是重要的家人吧。家人生病了，当然要带来这里看病了。

不知道这只小乌龟最后康复了没有，希望它能长寿……

诊室的门开了，须田医生走了出来。他摘下手术帽和口罩，露出了鬓间的白发。他的脸上挂着慈祥的笑容。

“尾原君，还好你及时把它们送来了。”须田语调柔和，这让友弥松了一口气。

“太好了！生了几只小猫？”

“两只，个头都不小呢。”

须田看向手术台上的猫妈妈，它把身体蜷成一团，缩在了箱子里。湿漉漉的小猫藏在她的肚子下面，时不时动一两下。

“猫妈妈还很年轻，看样子应该是个混血。这种暹罗猫本来就容易难产，好在它遇到了你，你也观察得足够仔细。”

须田脱下手术服，收拾着手术器具。猫通常是可以顺产的，但友弥从警局接过这只猫时，它看起来十分痛苦。友弥把宠物箱放到了车的后座上，但还没开多远，他就察觉到了情况有些不妙。

来不及了！友弥有过很多次给猫接生的经历，他意识到这次不是普通的分娩，这只猫估计已经撑不到回救助中心了。

这时，友弥只想到了一家宠物医院。

友弥赶到医院时，上午的诊疗时间已经结束，前台空无一人。所幸须田医生就住在医院，那会儿他正好在。否则友弥只能临时去找其他医院，猫妈妈又得在车里痛苦一阵子了。

“真是太谢谢您了！我当时发现它快要生了，吓出了一身冷汗。”

“你是碰巧在警局遇到这只猫猫的吗？”

“我出门办事，正好接到了警局的电话。他们说，有一只被救助的猫猫状态不太好，叫我过去看看，所以我就绕路去接它。

还好我过去了！不然它可能就撑不下去了。也多亏了警察联系到我。”

“原来如此。”须田点了点头说道。

“真不好意思啊，打扰您休息了！这只猫猫还没在救助中心登记，费用就记在我个人头上吧。”

“哈哈，我也忘了登记了。那就只收手术费吧。这两天先让它住院观察，等星期天我去你们救助中心的时候，把它一起带过去。”

“真不好意思……总是麻烦您。”友弥边说边鞠躬致谢。

宠物的医疗费用很高，毕竟这次没有救助中心的保险，全部费用都得由友弥个人自掏腰包。每家医院的收费标准不同，而且价格贵的医院也不一定治得好。作为救助中心的员工，友弥对这一部分的支出再清楚不过。这绝不是一笔小数目。

认真养宠物的花销不是一笔小数目。这绝不是一句空话。

“你的猫猫怎么样了？”

突然的关心让友弥一惊。须田医生还是一如既往的温和，似乎没有别的意思。但此时，友弥却因为内疚而冒出了冷汗。

“还是老样子，米奥一直在昏睡。只有我不在家的时候，它才会动一动。”

“这样啊。但只要能活动就好啊。如果你实在不放心的话，可以装个宠物摄像头。”

“宠物摄像头……”

这样就能观察米奥在白天的一举一动了？

突然间，友弥想起了米奥伸懒腰时的样子——它前肢着地，屁股高高翘起，背部向后慢慢舒展。这个姿势看起来很舒服，他都想模仿一下了。

但友弥已经很久没见过米奥伸懒腰了。

装摄像头或许是个不错的主意。须田这样一说，友弥顿时想马上行动起来。但工作的时候，自己能忍住不去看它吗？友弥想象了一下自己坐立难安的样子，不由得苦笑起来。

“算了，就算装了摄像头，我也没时间看。”

“好吧。总之，不管有什么事都别憋着，说出来会好一点儿。”

“谢谢您。”友弥低头道谢。

他觉得自己总是不让周围人省心。真是没用啊。可能，自己是个藏不住情绪的人吧。

友弥走出了医院。到底怎样才能变得坚强一点儿呢？须田医生在任何情况下，都能保持一副冷静的样子。身为同行，友弥感到羡慕。可他越是想集中精力好好工作，就越容易感到焦躁。突如其来的烦闷，让他想抛下一切，转头就走。也许，他真的应该去寻求帮助了。

说起来，圆花之前说的那个心理诊所好像就在附近。友弥看了看圆花发的信息：京都市中京区麸屋町往北……六角街往西……富小路街往南……蛸药师街往东……上五楼到中京心灵诊所。

这地址就足够让人晕头转向了！当初友弥还因此大笑了一番。不过现在他觉得，还是去看看比较好。

“咦？”

须田医院附近的那辆面包车不见了。奇怪，原来明明停在这边的啊……

友弥愣了一下，发现是他自己走错了方向。

“看来我确实病得不轻啊。”

友弥站在中京区的街道上，感觉自己就像是棋盘上的一枚棋子。街道两旁的房屋、楼宇都像是从一个模子里刻出来的，稍不留神就会迷失方向。面前是一条昏暗的小巷，友弥探头看去，巷子尽头竟然矗立着一栋窄窄的杂居楼，看上去十分老旧。

“这里是……”

友弥感到有些不可思议，他向着楼的方向走去。当年救出米奥的那栋楼，和眼前这栋建筑看起来简直一模一样。只不过，那栋楼是面朝街道，而且周围也没有这么昏暗。

真奇怪啊。大楼入口的门敞开着，楼里的构造看上去有点儿眼熟。

三年前，那栋楼里弥漫着一股恶臭，友弥掩住口鼻，让物业打开了屋门。屋里摆着很多小笼子，里面横七竖八地躺着一只又一只猫。门被打开的一瞬间，友弥就已经猜到了这里曾发生过什么。

友弥拼尽全力，救出了仍有气息的几只猫，赶到了须田宠物医院。当时，米奥已经奄奄一息，却仍死死咬着自己的胳膊。他的手臂上，现在还留着米奥当时留下的咬痕。

友弥有些纳闷儿。他爬上五楼，沿着走廊向前走去。在倒数第二个房间的门口，友弥停下了脚步。这里就是当时出事的地方。当年，米奥和其他猫被锁在笼子里，它们就在这个房间，等待着死神降临。

友弥转动把手，轻松地打开了房门。昏暗的房间里布置得焕然一新，友弥松了一口气。看来这里已经有了新的租客。一进门就能看到狭小的前台，这里应该就是圆花说的那个诊所吧。

“啪嗒啪嗒——”穿着医用拖鞋的护士走了出来，她看上去也就二十五六岁的样子。

“尾原友弥先生是吧？您终于来了。”

“嗯？”

她怎么知道自己的名字？友弥有些疑惑。但护士并不在意，她用眼神示意友弥到候诊区等候。

“医生正在给预约的患者看病。那里有沙发，您先坐一下吧。”

“啊……不用了！我改天再来吧。”

“尾原先生，您已经预约过了哟。只是您来得有点儿晚，我们只能让其他患者先进去了。”

护士的嘴角微微上扬，但她看上去不像在微笑，更像是在笑友弥。护士的五官十分精致，算得上是美人。友弥不太会和这样的人打交道。

但他仔细看了看护士的脸，总觉得有些眼熟。友弥直勾勾的眼神，让护士有些不高兴。她皱起了眉头，问道：“怎么了？”

“我们之前是不是在哪儿见过？”

“您这是在……搭讪吗？”

友弥吓了一跳，脸红到了耳根，浑身直冒汗。

“不不不！我……我就是觉得……好像在哪里见过你。”

护士看着结结巴巴的友弥，不禁笑出了声。

“都什么年代了，还玩儿这套！您这样可是约不到女孩子的。您别急着走，坐下来等一会儿吧，医生已经等您很久了。”

“好……好的。”友弥害羞得不行，连忙转身走到了候诊区。候诊区十分狭小，那张沙发也只能容得下一个人。友弥缩着身子坐了下来。想起刚刚的对话，他感觉脸上火辣辣的。真是的！自己无心的话，怎么听起来这么像老掉牙的搭讪台词……

在等待的过程中，友弥渐渐平静了下来。他开始打量起四周。

天花板和墙壁十分洁净，房间里没有多余的摆设。这里已经完全没有了当年的痕迹。

后来友弥才从卫生所的职工那里得知，当年究竟发生了什么。原先的租客在这里进行猫的非法繁育活动，主谋到现在还没找到。

那些猫看上去并不是纯种，应该是混血。尽管都不是名贵的品种猫，但它们的样子非常可爱。他们可能是因为经营不下去了吧，也可能是遇到了什么困难，总之，谁也不知道那些人为什么突然就跑了。

友弥没想过这些。就算知道了缘由，又能怎么样呢？那时的他已经竭尽全力了，但他还是会自责，会怪自己没能救下所有的猫。要是再早一天赶到，说不定就能救下更多猫了。友弥至今还是对此懊悔不已。

他正回想着以前的事，诊室的门突然开了，一个少年从里面走了出来。他的个子不太高，圆圆的脸庞看起来还很稚嫩。

少年瞥了友弥一眼后，突然瞪大了眼睛，看上去十分惊讶。

他怎么了？友弥对这个人并没有什么印象，难道他认识自己？

友弥仔细地看了看他。

不对！这哪是少年啊！这分明是个女孩子。她只是把头发剪短了，打扮得像个男孩一样。她看上去和自己的妹妹玲央奈差不多大。少女眼神里充满了戒备，她抿着嘴唇，抱着一个宠物箱。透过塑料网眼，友弥看到了一只纯白色的猫。

水蓝色和黄色的光点闪过——这是一只异瞳猫。

诊室里怎么会有猫？

“鸟井青小姐，这边请。”护士在前台招手。

接着，诊室中传来了医生的声音：“下一位，尾原友弥先生。”

刚才那个女孩，还在诧异地盯着自己。友弥转回头，走进了诊室。诊室里面只有一套桌椅和一台电脑，看上去十分简陋。

面前身穿白大褂的男人开口说道：“不好意思啊！让您久等了。真是巧啊……说不来都不来，说来一下子又全来了！”医生用轻快的口吻说道。

他看上去三十岁左右，身材也和自己差不多。

“刚刚那位病人也是，怎么等都不来！我都想亲自去找她了！我往楼下一看，结果认错人了，来的是另一位病人。然后我还被护士骂了一顿！我想着预约的患者不会来了，就打了会儿瞌睡。结果护士看见以后，又把我给骂了……不过还好，你们二位到底还是来了。我也总算能放心了。”

这个医生话可真多。不过他这张脸看上去倒是很温和，感觉很好说话。可是他有点儿轻浮，还有点儿古怪。难道这就是所谓的“心理治疗”吗？如果刚才那个女孩也是病人的话，难道说……这里可以带猫来看病？还可以这样？

友弥满脑袋问号。

医生微笑着说道：“尾原先生，我们可好久不见了啊！您最近怎么样啊？”

诊断就这样猝不及防地开始了。

“最近我上班的时候总是走神，工作又总是出岔子。以前我不是这样的。身边的人都很担心我，他们劝我来看看医生。”

“是这样啊。”医生微笑着说道。这次，他的笑容不再给人一种奇怪的感觉，反而让友弥觉得有些熟悉。

“那就给您开一副猫猫处方吧！累了的时候，就多和猫猫待在一起。一定要按时‘服用’哦！具体的‘服用’方法嘛……抱一抱、摸一摸啦，都行，看您的喜好。不过话说回来，最后可能还得看猫猫的心情，您应该也决定不了。那就……”

医生的神情变得狡黠，像个喜欢恶作剧的孩子。他开始敲打键盘。

“哪只猫猫比较好呢？要不‘双猫齐下’？那样效果肯定不错！但会不会药效太猛了，啊哈哈哈哈……”

医生自顾自地说着，友弥在一旁目瞪口呆。

他在笑什么啊？

友弥完全无法理解，他的表情也开始显得有些不耐烦。医生见状，干咳两声，对着窗帘后面说道：“怎么回事呢，前两天的那个患者，还挺吃这套的呀……哎呀，算了算了！千岁护士，带猫猫过来。”

他是在叫刚才的那个护士吗？回想着自己刚才与她之间尴尬的对话，友弥有些坐立不安。但护士并没有出现。

“千岁小姐？”

医生又叫了一声。还是没人回应，连脚步声也没有。

“咦？难道是预约的患者来了，她把我一个人扔下，去接待患者了？哇——好像真是这样！真是个没良心的女人啊！尾原先生，您说是不是？”

友弥也有些不知所措。就诊期间，护士自己跑了？医生抱着胳膊，歪着头。友弥有些坐不住了，要是检查进行不下去了，自己现在是不是该回去了？

突然，帘子被人猛地拉开。护士瞪着眼睛，叉着腰，站在帘子后说道：“说谁没良心呢？！我要是真没良心的话，早就不管你了！”

“开玩笑的啦！”医生嘿嘿地笑着说，“你一天不骂我，我反倒浑身难受呢！哈哈哈——咦？给尾原先生的猫猫呢？”

护士手里什么都没拿，她依旧满脸怒气地说：“已经没有猫猫了！刚才那是最后一只。”

“哦？真的假的？”医生看了看电脑屏幕说道，“怎么会这样呢……我记得还有挺多的啊。糖糖呢？”

“现在可是旅游旺季，猫咖忙得很。糖糖怎么可能有空！”

“皮皮呢？”

“皮皮要重返赛场了，现在正严格控制饮食呢，也没空。”

“马可呢？”

“马可休产假呢，虎彻和诺艾尔被领养了。坦克正忙着找对象，一天到晚相亲的日程排得满满的。”

“相亲？相亲好啊！唉，真没想到猫猫们都这么忙……那现在怎么办呢？”

医生抱着胳膊，小声嘟囔着。虽然友弥还没搞清楚状况，但他说不定可以借这个机会溜走。

“那……要不我下次再来吧……”

“那可不行！猫猫处方都已经开完了！”护士看了看医生和友弥，态度强硬地说道。

“医生，你就不能再好好确认一下吗？尾原先生家里，不是已经有一只处方猫了吗？这个疗程还没结束，怎么能随便开新处方呢？”

“原先那个猫猫处方，已经不怎么起效了。”

“怎么可能！只要是猫猫，就都有药效！”

护士的声音在诊室里回荡。这个女人的脾气可真够暴躁的。看到她火冒三丈训斥医生的样子，友弥也捏了一把汗。医生有些委屈地噘了噘嘴。

“尾原先生，实在不好意思啊！目前没有空闲的猫猫了。那您就先‘服用’您家里的那副猫猫处方吧！要是没有效果的话，您再过来。到时候我们再给您开其他的猫猫处方。那个……千岁护士？”

“嗯。”护士冷冷地说，“现在这只猫猫是最适合你的，只有它才适合你。尾原先生，无论如何您都得把这个疗程‘服用’完。”

护士的目光异常锐利。不只是眼神，她的声音和表情都很有压迫感。这么一直被她盯着，友弥感到浑身不自在。

“您肯定会好起来的。那只猫猫跟我可不一样，它一直在您身边陪着您。我相信您应该不需要再来这里了。那诊察就到此结束。”护士说完转身看向医生，“米奥医生，您还有什么要说的吗？”

护士的眼神突然有些伤感，她落寞地笑了笑。刚才友弥还觉得她是个冷漠的女人，但现在她看上去却又显得有些脆弱。

而一旁的医生还是一脸轻浮，说道，“啊哈哈哈——尾原先生，帮我向那只帅气的猫猫问好啊！啊哈哈哈……”

这两个人到底是怎么回事？

最终，友弥没有接受任何治疗，就离开了医院。他走到外面，再次抬起了头。果然，这就是救出米奥的那栋大楼。

真是莫名其妙……友弥困惑地走出巷子，却看见了刚才那辆“消失”的面包车。他感到有些头晕。

此地不宜久留，不能再浪费时间了。

友弥回到了救助中心。为了不让自己胡思乱想，他赶紧投入到了工作之中。

认真工作的友弥看起来非常严肃，甚至让圆花有点儿害怕。

友弥回到家里，已经是晚上十一点了。他深深地叹了口气，随后打开了一盏小灯。以前，房间里到处都摆着友弥自己做的猫窝，花盆里还种着猫草。但后来，友弥把它们都收了起来，地板上也显得空旷了许多。友弥放下包，脱掉外套，呆呆地坐在了沙发上。

吃点儿什么呢？他刚一抬头，目光就和坐得笔直的米奥相遇了。

友弥还没反应过来。

屋子里黑乎乎的，米奥那双圆圆的眼睛散发着金色的光芒，像满月一样。

友弥猛地扑向笼子，喊道：“米奥！米奥！你……你终于醒了！”

他激动得发抖，打开笼门的动作都变得笨拙。门一开，米奥便竖起尾巴蹭了过来。友弥赶紧用双手抱起了米奥。

“你怎么了啊？没事吧？你这几个月一直睡，一直睡，多长时间都没怎么动弹过了！你都是什么时候吃的饭啊？看你一直睡着，我还以为你不会醒了呢……”

友弥一下又一下地抚摸着米奥的后背。米奥的毛，油光锃亮的，像丝绸一样顺滑。

米奥敏捷地跑开了。它甩了甩身子，毛发也变得蓬松起来。随后，它开始在房间里踱来踱去。

它的步伐十分稳健，看上去精神百倍。从背部到尾巴的线条，看起来充满力量感。是错觉吗？米奥的毛发好像更有光泽了，那双大眼睛也更有神采了。它看起来甚至年轻了好多。但这些都无关紧要。米奥能醒来，友弥就已经心满意足了。

“太好了！太好了！来，吃点儿东西吧！”

友弥拿出了米奥的食盆和水碗。之后，他又去柜子里翻找米奥的玩具。等他回头一看，米奥已经一头扎进了自己的公文包里。

“哎呀——这可不行啊！”

一步，两步，米奥气定神闲地钻进包里，卧了下来。它一动不动，只是静静地看着友弥，好像在宣示主权。想做就做，不想做就不做。米奥一直是这样。友弥宠溺地看着淡定的米奥。

米奥从一年前就一直昏睡不醒。无论友弥怎么摇晃它，给它梳毛或是擦脸，米奥都没有丝毫要醒来的迹象。但它也并不是一直在睡。友弥不在家时，它会正常活动，猫粮和水每天都在减少，猫砂盆里也有大小便。米奥这样令人匪夷所思的状态，一直持续到今天。

友弥带米奥去须田宠物医院拍过 X 光片，也验过血，各种指标都没有异常。但就算用手扒开米奥的眼皮，也无法把它从睡梦中唤醒。须田医生觉得米奥的身体机能已经衰退，所以它才会过度睡眠。按理说，米奥还很年轻。不过，这只可怜的猫之前的生存环境实在太过恶劣。所以，它的寿命可能本来就比其他猫要短。米奥曾经是须田宠物医院的常客。每次看着针头扎进米奥软绵绵的身体里，友弥总是心如刀割。所以，后来他就尽量少带米奥去医院了。

在米奥开始昏睡之前，友弥每天都要和它一起玩。其实更多的时候，是友弥在边上静静地看着它。或是友弥埋头工作，米奥在一旁默默陪伴。他们之间，大多时候都是沉默。

有时，友弥会盯着玩耍的米奥出神。它绸缎一样的毛，乌黑油亮，反射着灯光。救助中心不乏受欢迎的、可爱的猫，但只有米奥才能拨动友弥的心弦。

猫的吸引力远超他的想象。小初是全家人的猫，但米奥只属于他自己。友弥知道，这种满足感十分幼稚，即便对妹妹也很难说出口。

米奥端坐在公文包里，盯着天花板发呆。也许那里有什么东西，只有猫才能看到吧。但友弥并不在意，他的眼里只有米奥。

要是米奥能一直像现在这样该多好啊！

友弥只希望，他能真切地感受到米奥的存在。他幻想着自己和米奥在一起的生活——明天、后天，还有未来的每一天。

友弥一言不发地注视着米奥，直到它厌烦了公文包，从里面跳了出来。

友弥拖着小车，把沙袋从仓库运到饲养棚。圆花也拉着一辆推车，跟在他身后。

“尾原，那个心灵诊所你去了没？”

“去了。但是那个医生什么治疗都没做，就让我回来了。”

“怎么会这样？你没和他聊聊吗？”

“我说了。但他好像听了，又好像没听……”

“那到底是听了还是没听？”

“那个医生话特别多……他说的比我说的都多。不过他还挺有意思的，就当是去换换心情吧！”

“那不是也挺好的嘛！尾原，你能好起来，可多亏了我呀！”

圆花的声音里多了几分欣喜。友弥没有回头，嘴角却挂上了一丝笑容。

“可不是嘛！回头请你喝果汁咯。”

“太好啦！不过说实话，我就是想知道那个诊所到底怎么样。我朋友的女儿最近也有心理问题，正在找医院呢。”

“什么呀！那我不成了你的小白鼠吗？”

友弥笑出了声。也只有圆花，能把心里话这样直白地说出来。

“所以，那个医生到底怎么样？靠谱吗？”

“是个年轻的男医生，看着跟我差不多大，就是说话的样子有点儿夸张。不过，我看他完全被诊所的一个护士给震慑住了。反正他什么治疗也没做。不过……说不定这也是一种疗法。”

“肯定是呀！尾原君，你现在看起来，可比之前开心多了！”

友弥笑了笑，没有说话。

友弥现在如释重负，但并不是因为他去看了心理医生。今天，他无比期待下班回家。就连上班时，他的脸上也写满了迫不及待。友弥没想到，原来自己的快乐竟然如此简单。毕竟前几天，周围人都在担心他的精神状态。

搬完物资后，两人回到了办公室。几天后要举办领养活动，救助中心特意开了个会。会议的前半段一如既往——确定参加活动的猫、确认已经被领养的猫现状如何、汇报近期宣传工作的成果……但会议快要结束时，太田说到了上次领养活动的突发情况。

“咱们的猫猫都是接受了适应性训练和治疗，才送到领养人的手里的。经过两个月的训练，我们会选出能适应新家庭、新生活的猫猫。这些猫猫才有资格参加领养活动。所以，我们不用太担心之前的批评，只是……”

“那个小孩子看了咱们的猫猫之后号啕大哭，这也太伤人了吧……”圆花委屈地说道。

当时，就是她负责安抚那一家人的情绪。

每个月，救助中心都会在最宽敞的楼层举办领养活动。领养活动对参与者并没有特殊要求，但如果要领养猫，救助中心不仅需要对领养人进行审核，还要规定领养人的试养期。为了防止领养人转售领养到的猫，试养时还需要交保证金。除此之外，还有许多合同要签。领养后领养人也要定期和救助中心沟通猫的情况。领养人和救助中心都要花费不少时间和精力。

近几年，“领养代替购买”的观念越来越深入人心。就算手续烦琐，申请领养的人依然不少。上个月来参加活动的一家三口，就是“跟风领养”的典型例子。

“他们根本不知道救助中心是干什么的吧……来参加活动，应该也是一时心血来潮。”圆花若有所思地说道，好像还在回想当时的情景。太田点了点头。

“也不是说心血来潮就不能来参加。要是参加活动的限制条件太多，大家就都不愿意来，那咱们的员工可就要忙得连轴转啦！我倒是希望大家别有太多顾虑，都来咱们这里看看。”

“这点我也赞同。如果大家都不愿意来看猫，怎么能跟它们结缘呢？不过，没提前做好心理准备的人，可能要失望了……我们已经习惯了这些猫猫的样子，但很多客人可没有，尤其是小孩子。咱们可不能低估孩子们的感性程度啊。”

“那个小孩哭得可真厉害啊！”

“是啊，最后连他爸爸妈妈都不知道怎么办了。”

圆花和太田同时叹了一口气。他们两个都非常善解人意，不像友弥——比起小孩，他更心疼被嫌弃的猫猫们。

不过，那个男孩也不是无理取闹。听他的父母说，他很久以前就想养一只猫。他看了不少养猫相关的视频，也翻了不少书，做足了功课。但其实他看到的，只是猫咖和宠物店里那些活泼可爱的猫。救助中心的猫不是名贵品种，眼神也很“犀利”，有不少猫身上还伤痕累累的。总之，这里没有一只猫会主动向人类撒娇。

面前的“生物”和自己心心念念的、讨人喜欢的猫完全不同。男孩抱着儿童版的猫图鉴，委屈地哭出了声。男孩的父母也没有恶意，他们只是单纯地认为，领养是一件善事。这份天真却令救助中心的员工们心头一紧。

不清楚领养的意义，也没有心理准备。一个满心期待的小男孩，就这样带着害怕和失望离开了。

“之前说没有养宠经验也可以参加领养活动，家里有儿童也可以参加。看来咱们的规定还是太宽松了啊。”一个员工说完，引得其他几名员工连连点头。

各个流浪猫救助中心规定参加领养活动的条件一直在变，而“京都之家”的条件比起其他机构已经要宽松许多了。

“尾原，你怎么想？”太田求助般地问道。

“要是提高门槛的话，申请领养的人肯定会减少。”

“嗯嗯，确实啊……”

“不过，就算申请数量减少了，也还是会有人领养猫猫的。当然了，人数肯定也会少一些，但变化应该不会太大。”

“那你的意思是？”太田和圆花对视了一眼，几乎同时脱口而出。

“毕竟真正想领养猫猫的人还是少数。说得难听点儿，大多数人只是出于好奇，想来看看热闹而已。可是，一发现流浪猫并没有他们想象中的那么可爱，他们就失望地走了。至于之后他们怎么选择，那就要看缘分啦。有的人可能会再回来，有的人可能会在别处领养，有的人干脆就放弃了。”

友弥想到了上次那个男孩。他一边揉着哭肿了的眼睛，一边对友弥说，自己能说出很多猫的品种。

他长大以后，会做出怎样的选择呢？

说着说着，友弥突然发现所有人的目光都看向了自己。他有些不好意思地低下了头，但仍继续说道:“提高或降低门槛，影响的其实是活动的参与度和捐款数量。实际上，和养过猫猫的人相比，那些没养过猫猫的人才是大多数。也就是说，我们中心举办领养参观活动，不仅是为了给猫猫找到新家，更是为了吸引那些没养过猫猫的人，让他们支持我们的工作。人来得越多，捐款就越多。”

“啊——没错！”太田眼睛一亮，说道，“我想说的就是这个！”

“那这次的领养活动，我们就把这个作为宣传重点吧。我们得提醒那些没有养猫经验的人，强调‘您看到猫猫后，可能会感到失望，但我们由衷欢迎您的来访’，怎么样？”

“是啊是啊，用心最重要嘛！那现在我们中心的口号就是——真心喵！健康喵！精神百倍喵喵喵！来，尾原君！咱们一起来！真心喵！健康喵！精神百倍喵喵喵！”

“呃……算了算了，我就不了。时间差不多了，我今天可以先走吗？”

“啊，没问题！尾原君，你这么早就下班，可真少见呢！”

友弥笑了笑，离开了会议室。这几天他都没怎么加班。下班路上，他来到刚刚装物资的空箱子前，蹲了下来。这时，圆花走过来了。

"尾原君，谢谢你啊。"

"嗯？谢什么啊？"

"谢谢你刚才的话，你说得真好！大家都知道，你是个温柔的人。所以你说的话，大家一定都听进去了。"

"哈哈——"友弥边说边低着头挑选纸箱，"我哪里温柔了？我可是个糟糕的人。"

"什么？"

"我能把这个箱子拿走吗？"

"当然可以啦！但你昨天不是已经拿走了一个吗？"

"昨天的箱子我没打好洞，家里的猫猫不太喜欢。"

友弥说着，顺手选了个纸箱。他匆忙离开中心，赶回了公寓。

"米奥——我回来啦！"

一开门，米奥就悠闲地走了过来。过去五天里，友弥在家的时候，米奥也一直是醒着的。友弥一度以为，自己再也看不到米奥醒着时的样子了。现在看见米奥睁着两只大眼睛，他喜极而泣。为了能让米奥自由出入，他把以前关着的笼门也敞开了。即使米奥把房间弄得乱七八糟，也无所谓了。

"快好咯！再等一下哦！"

友弥连晚饭都没吃，就开始埋头制作起猫窝来。昨天做的那个小窝，侧面开的洞太大了。米奥看起来对小窝有点儿好奇，但它面无表情地审视了一番后，还是跑开了。显然，它并不满意。

今天一定能行！友弥拿起纸箱，小心翼翼地用刀在上面划出一个洞。洞的尺寸比昨天的小，刚好能让米奥伸出头来。

“做好啦！看起来不错呢。”

友弥对自己的作品非常满意。但米奥竟然钻进了昨天那个失败的箱子里！它把眼睛眯成了一条线，只露出一个黑色的脑袋。

“啊？你怎么选了那个呀！米奥，这个做得更精致啊，用这个吧！”

为了不浪费辛苦做好的小窝，友弥在米奥面前卖力地展示着自己的杰作。他一会儿把手伸进洞里，一会儿又把脸贴在地板上朝洞里看。可米奥还是只露出一个脑袋，眼睛盯着天花板和墙壁交界的地方，完全没把友弥放在眼里。

“好吧……看来你今天更喜欢那个箱子呀，那就听你的吧。”

谁都无法猜透猫的心思，友弥深知这一点。不只是米奥，救助中心的猫也是如此。虽然今天自己辛苦制作的小窝一点儿也没派上用场，但友弥并没有失望。相反，意料之外的结果让他露出了微笑。自己被米奥戏弄的样子，好像也挺可爱的。这也是一种幸福啊。

友弥盘腿坐下，望向还在盯着斜上方的米奥。

“米奥，其实我都知道！你只是假装没看到而已，其实你什么都看到了，对吧？你心里肯定想赶紧冲进新的箱子里呢！”

米奥没有回应，还是一动不动。

但确实像友弥说的那样，米奥听到了，也看到了。它只是故意戏弄友弥，才什么反应都没有。主人又是哄，又是劝的，这副样子实在太滑稽了。

突然，米奥像个弹簧一样蹦了出来，钻进了新箱子。

“真乖啊，米奥！真棒！”友弥发自内心地感叹了一句。确实，米奥本来就很懂事。

突然，手机响了。妈妈问友弥，什么时候回家。

友弥无奈地笑了。明明上个月刚见过面，那时他本来没打算回家，但再拒绝的话实在说不过去，他这才硬挤出了一些时间。

那天本来计划好回家，但自己实在太忙了，只能拖了两天才回去。妹妹也察觉到了他的反常。

那时的友弥，只是想做些事情来打发时间。他不停给自己找事情做，逼自己忙起来。即使已经累到恍惚，他也不想踏进公寓一步。直到几天前，他还在不断找借口，不愿回到自己的公寓。

但今天，友弥回家时开心地跑上了楼梯，连步子都轻快了许多。

米奥从纸箱里跳了出来，它靠近友弥，用小爪子轻轻挠了挠他的脚，然后摇摇晃晃地爬上了他的膝盖。米奥又闭上了眼睛。

那双像满月一样的眼睛，再次坠入了黑暗。友弥感觉到了一股冰冷的寒意，顺着脊背蔓延开来。

“米奥——不行！不能睡！”

他晃了晃膝盖，米奥迅速睁开眼睛，一溜烟儿跑回了笼子里。他把黑色的身体蜷成一团，听话地瞪圆了眼睛。但那双空洞的眼睛里仿佛毫无波澜，像是在说它对周围的一切都漠不关心。

米奥一定知道友弥在怕什么。它强忍困意，不让自己合上眼睛。米奥的懂事让友弥心疼，他感觉自己的胸口好像压着一块石头。

救助中心的官网上发了新的通知，领养活动照常举行。

周六一大早，员工们都在忙碌地布置会场。他们在宽敞的大厅里，摆上了一排排桌子，然后又把猫都搬了过来。场地被划分成了多个区域——办公区、宣讲区，还有领养区等。

友弥正在往场地搬箱子，箱子里是等待被领养的猫。这些猫本来都是有名字的，但在领养活动上，员工只会用编号称呼它们。编号一旦空出来，就会有新的猫补上。很多人觉得，不应该像对待商品一样对待它们。但这样做，也是为了不让同事们对这些猫产生过多的情感，为了让它们更快融入新家庭。

友弥摆好箱子，松了口气。他蹲了下来，和箱子里的猫四目相对。

“帽帽又长大了呢！要是今天能有人把你带回家就好啦。”

九号箱子里的帽帽是一只黑白相间的公猫。它的脸是白色的，但从眉毛到后脑勺都是黑色的，像戴了一顶黑帽子一样，所以大家都叫它帽帽。虽说每只猫都有自己的编号，但最后大家还是忍不住，给它们起了很多爱称。

帽帽在这儿已经待了快两年了。它虽然经历了很多次试养，但一直没能找到属于自己的家。

圆花忙完手头的事，来到了友弥旁边，说道：“那边展台上的猫猫仅供观赏，不能领养。我已经布置好了。为了避免再发生上次那样的事，我还特意在白板上贴了张纸呢。上面的字很大，保证大家都能看到！”

“太好了！辛苦啦。”友弥笑着说道。那次会议过后，有员工提出，没有被领养资格的猫不应该出现在活动会场上，但这个建议并没有被采纳。

“有人不想让这些猫猫出场，听说是你坚持反对。真没想到啊！”圆花像是在捉弄友弥一样说道。友弥有些不好意思。

“是我说得太过分了……”

“没有没有！你说得对。让大家了解我们中心现在的真实情况，对减少流浪猫的数量也有帮助。如果只让他们看到好的一面，根本没法解决问题。”

“但现在，有资格被领养的猫猫只是一小部分，还有一些猫猫的问题很严重，暂时还不能离开中心。”

“话说回来，你家的猫猫之前也在这里吧？”

“不，它来救助中心之前，就被我领养了。”

“为什么呀？”

“它一直在心医生那儿接受治疗。恢复得差不多了以后，我就把它接回家了……”

“我不是说这个。”圆花像往常一样坦率地问道，“为什么是它呢？你对所有猫猫都很热情，但唯独特别喜欢那只猫猫。肯定有什么原因吧？难道就因为所谓的……缘分？所以你才认准了它？”

友弥眨了眨眼。他也没有想过，自己为什么要带米奥回家。

和米奥相遇的场景，简直是触目惊心——当时它无力地瘫倒在笼子里，浑身上下都是屎和尿。友弥本来以为它已经死了，但他把手伸进笼子里时，米奥突然死死地咬住了他。它咬得很深，尖尖的牙齿直接扎进了友弥的手臂。当时，伤口流了很多血，友弥的小臂上现在还留着疤。

"也不完全是。我第一次见到米奥的时候，它就给了我很大震撼。"

"啥？"

会场里逐渐热闹了起来，领养活动开始了。来的人形形色色，有带着孩子的父母，有独自一人前来的年轻女性，还有和年迈的父母一起来的中年人……有的人看上去满脸期待，有的人站得远远的，有些人恐惧地看着猫。还有一些情侣，满脸嫌弃，只看了两眼就匆匆离去。救助中心的官网上，工作人员已经事先上传了参会猫的照片和具体信息。但大多数猫不习惯拍照，所以拍出来的照片效果不太好，和实际看到的感觉完全不同。正因如此，友弥才希望大家能够到现场亲眼看一看。

员工们都忙于接待和介绍。一个女人说想要看看猫，友弥便赶紧过去接待了。她似乎很习惯和猫相处，但帽帽在她面前却压低了耳朵，看起来有些紧张。还是不要强行让她们接触了，友弥见状没有把猫递过去。女人一番犹豫之后，恋恋不舍地离开了。可能这就是没有缘分吧。

"可惜咯。"友弥笑着对怀里的帽帽说道。帽帽毫不在意地打了个哈欠。

其实这种时候，如果员工在中间多说两句好话，说不定最后也能成功。但有时也可能适得其反，情况反而会变得更棘手。毕竟，猫和人的关系变幻莫测。

这时，圆花向友弥走来。她看起来有些慌张。

“尾原，上次的那一家人又来了！”

“上次的？是那个哭得很厉害的小孩他们一家？”

现场人山人海。友弥踮起脚，探头张望着。很快，他就在人群中看到了那一家三口——一对年轻的夫妇，还有一个刚上幼儿园的小男孩。

“还真是！孩子那么怕这里的猫猫，干吗还要带他过来呀？”

如果孩子害怕猫，就算大人感兴趣，也不该带他一起来呀。上次就是这样。那个小孩大哭大闹，把猫都吓坏了。结果，领养活动不得不紧急叫停。友弥可不想让这种事发生第二次。

“我去看看。帽帽就交给你了。”

友弥把帽帽递给圆花，朝着一家三口走去。那对夫妇看到友弥过来，有些尴尬地点了点头。

“不好意思，上一次给你们添麻烦了！您是副部长吧？”

“是的，我是尾原。您好。”

友弥朝男孩笑了笑，说：“小朋友，你好呀！”

“哥哥好！”

男孩也热情地跟友弥打了个招呼。友弥一开始还以为他胆子很小，会怕生，没想到他还挺开朗的。男孩把手里的绘本递给了友弥。

“哥哥，你看这个！”

“嗯？这是什么呀？”

男孩塞给友弥一本绘本。友弥接过来一看，不禁愣住了。

“你还特意去了解了流浪猫呀？”

这是一本有关动物保护的绘本，里面画的是人类和动物一起生活的场景。绘本里还介绍了动物救助中心的工作，上面的插画都是一些流浪猫和流浪狗，看起来十分惹人怜爱。插画旁边的文字也通俗易懂。

上个月，这个孩子也带来了猫图鉴，但那里面画的都是一些可爱的品种猫。而他今天带的绘本里，却写到了养猫的辛苦。看来他一直在试着了解猫。友弥的心里顿时暖暖的。

男孩的妈妈有些不好意思地说道：“这孩子非说要来。他脾气犟，怎么劝都没用……这回我一定让他老实一点儿！我们能不能再进来参观一下呀？”

“好啊，当然可以！”

友弥把绘本还给了小男孩，低下了头，他为自己之前的自以为是而羞愧。友弥入行已经很久了，他见过各种各样的猫。渐渐地，他开始自负地认为，自己能为猫的领养问题做出最合理的判断。但最重要的，其实是对猫的真心。有的人就算没有领养猫，也会用其他方式，给予猫温暖和关爱。

和男孩的妈妈聊完，友弥开始继续接待其他客人。友弥不停向人们介绍着猫的情况，忙得不可开交。忽然，他看到刚才那一家三口在和圆花交谈，圆花手里还抱着帽帽。

圆花蹲在小男孩面前，让帽帽一点点靠近他。小男孩伸手想去抱住帽帽，但帽帽的体型对小孩子来说还是大了些。光靠他一个人显然不行，旁边的人纷纷上前帮忙。

帽帽显得很放松，身子下垂，一副任人摆布的样子。它完全不像之前那么紧张了。

原来是这样。

原来这就是缘分。

缘分是不需要理由的。小男孩他们一家人已经带着帽帽去办领养手续了。友弥看着他们的背影出神。不是帽帽选择了它的主人，也不是男孩选中了他的猫，是缘分让他们遇到了彼此。

临走时，男孩又来到友弥身边。

“我的猫猫，它的头上像戴了一个头盔！所以它就叫铁头了。”

“噗……好呀！太酷了吧！”

“哥哥你呢？”

“什么？”

“你的猫猫啊。你的家里没养猫吗？”

“哥哥也养了一只猫猫。它叫米奥。”

“那它长什么样子？”

男孩兴趣盎然地听着。不管他会不会成为帽帽的主人，友弥都希望他能一直保持这份对猫的热情。

“哥哥的猫猫是黑色的。它是一只温柔的黑猫哦。”

友弥说完，一边向男孩挥手，一边看着自己的胳膊——米奥留下的伤疤还在。那时候，米奥连起身的力气都没有，竟然拼尽全力咬住了友弥。友弥被吓了一跳，其他员工也都被它吓到了。可惜的是，最后除了米奥和一只三花猫，其他猫都没能挺过来。或许，它们就是彼此的家人。米奥这样做，只是想保护它的家人。

领养活动结束了，很多猫进入了试养环节，但最终有多少猫能被成功领养呢？猫被领养后，主人要履行义务，定期和中心沟通它的情况，直到它离世。这可不是件容易的事。

友弥收拾好设备，处理完手头的工作，他离开中心时，已经是深夜。友弥已经没力气思考，就这样拖着疲惫的身子回到了家。他走进房间，打开了灯。他已经累得连吃饭的力气都没有了。不管有什么事，都等到明天再说吧。友弥想着，开始环视起房间。

突然，他看见米奥正躺在笼子的最下层。

似乎没有了呼吸。

友弥僵在了原地，脑海里只剩下一个声音。

米奥……死了？！

友弥慌乱地冲过去，看到米奥一动不动地躺在那里。友弥根本没法保持冷静，他赶紧伸手去抱米奥。米奥的脑袋无力地垂着。光是把它抱出来，就费了友弥好大力气。

“米奥！醒醒啊！”

米奥的身体还是温热的。友弥摸了摸它光滑的肚子，它的肚皮还在微微起伏。

太好了！它还活着！

友弥悬着的心终于放了下来，他松了一口气。可不管友弥怎么呼唤、怎么摇晃，米奥都没有醒来。这次，它是不是真的陷入昏睡了？还是和以前一样，白天会自己醒过来？总之，绝不能就这样不管它。

友弥家附近也有几家宠物医院，都能提供急救服务。但他去了多家宠物医院，也没能搞清楚米奥为什么醒不过来。而且经过检查，米奥的身体并没有什么大问题。

友弥又想到了须田心医生。

现在已经过了末班车的时间，友弥只好给出租车公司打电话叫车。须田医生总是会认真对待每一件事，无论紧急与否。友弥用毛毯把米奥包裹起来，放进了宠物箱里。一出门，他就开始给医院打电话，打了几次之后，须田医生终于接了。友弥在出租车上和他说明了情况。

这样做，是对的吗？友弥也不知道。总之，他就这样大半夜跑进了须田宠物医院。须田医生穿着睡衣，外面披了一件白大褂。他早已在后门等候。友弥走进诊室，把米奥放到了桌子上。

“心医生！这么晚还打扰您，真是不好意思！”

“没关系的。它的症状和以前一样吗？”

“嗯，不管怎么叫都叫不醒。这周它本来已经重新开始活动了。而且，今天早上它也很精神啊。”

“好，我看看。”

须田扒开了米奥的眼皮，掰开了它的嘴巴，还给它拍了X光片……能做的检查已经全做过了，但米奥始终昏睡着。

“还是找不出原因……”须田沉重地叹了口气说道。虽然友弥早就猜到了结果，但还是备感失落。

“这样啊……”

“抱歉了。”

“没有没有。”友弥慌忙摇了摇头说，“您千万别这么说！也只有您会这么耐心地给米奥看病了。可能米奥本来就没有生病，所以才什么都看不出来。但我不能扔下他不管！说不定明天早上它就醒了呢？万一呢……”

“可它以前也一直是这样啊……一般来说，如果注射了药物还是醒不过来的话，基本可以判断它处于昏睡状态。但是米奥白天还在活动，吃饭、排泄之类的也都正常。我真是从来没见过这种情况啊。怎么说呢……它像是靠意志在坚持呢。”

须田把米奥放在了毛毯上，温柔地抚摸着它黑色的毛发。

“它的生命力本来就很顽强。在那栋楼里的时候，我本来以为它已经死了，但它却奇迹般地活了下来。当时它已经奄奄一息了，却还是挣扎着活了下来。”

须田的话让友弥吃了一惊。这话他好像听谁说过。

米奥的毛发在诊室的灯光下，显得更黑更亮了。之前，友弥一直不想回家，就是不想面对沉睡的米奥。

“心医生……”

“嗯？”

“米奥……活不长了吧？”友弥的声音没有一丝波澜。

须田医生也平静地答道：“是啊……大概吧。”

“那它还有多久……”

友弥呆呆地看着米奥。它的肚皮上下起伏着，纯黑的毛发看起来漂亮极了。

那个想法困住友弥的心已经很久了，可他一直不敢说出口。但现在，友弥再也忍不住了。他必须要说出来。

“它什么时候会死呢……”

“尾原君……”

“您就告诉我吧！米奥什么时候会死？心医生，我真的撑不住了……自从米奥开始昏睡，我每天都在想，今天它会不会死呢？我甚至一直不敢回家，干什么都心不在焉的。工作的时候我也总是发呆，不知道为此出了多少岔子。一想到米奥可能随时会死，我就……我只想陪在它身边……”

这已经成了友弥的心魔。

友弥一直不愿意正视自己的内心。

但这些想法，无时无刻不在折磨着他。

“可这样太不负责任了！我还有工作，还有几十只猫猫要照顾，还有那么多事等着我去做。我怎么能为了米奥就对其他事不管不顾呢？我已经不是小孩了，不能那么任性……我能连着请好几天假吗？就为了一只猫猫？我能跟领导说，米奥是我的家人，我要回去照顾家人吗？心医生，我到底该怎么办啊……为什么请假照顾家人可以，照顾猫猫就不行呢？猫猫就是我的家人！米奥就是我的家人啊！但别人是无法理解的吧……”

友弥心里都明白，明白自己不能为了米奥抛下一切。

所以他一直照常工作。如果看到别人因为猫影响了自己的生活，友弥也会耐心劝导他。友弥就是这样的人。

每一个养宠物的人，都要经历这种迷茫。纵使心中百感交集、五味杂陈，也无法和他人倾诉。所以友弥故意对这份情感视而不见，将它深埋心中。

这些感受像阴霾一样笼罩着友弥，他感觉自己要窒息了。

“我不知道米奥到底会怎么样。就算今天我能不顾一切地陪在它身边，那明天呢？明天我也可以不上班，一直和它待在一起。那后天呢？我不想再这样继续下去了，不想每天因为它提心吊胆了。我故意让自己忙起来，故意很晚才回家，我宁愿回我妈那儿打发时间。我一直告诉自己，米奥会好起来的……我简直像个傻子一样！但我真的很害怕回家。我怕我一推开门，就看到米奥的尸体……”

友弥的视线逐渐变得模糊，他的泪珠大颗大颗地滚落。友弥低头看着自己颤抖的双手。不知不觉，他已经泪流满面。

“刚才我一回家，发现米奥又一动不动了。我真的很害怕！当时我脑子里只有一个念头——它死了，我的猫猫死了……但我发现米奥还有体温，它还活着，我这才松了一口气。我只是想再看看他活蹦乱跳的样子而已！我只是想和它在一起啊！但是心医生，我……我真的……”

不能再说了。米奥肯定正在听着呢，它会难受的。

友弥抬起了头。须田的眼神里充满悲伤。他没有责怪友弥，也没有表现得不耐烦，只是沉默地望着他。友弥的声音在颤抖，他终于说出了自己的心里话。

“我甚至希望米奥就这样死了。趁我还在，趁我还陪着它的时候……我不希望它走的时候，身边一个人都没有。如果我不在它身边，它该多寂寞啊。”

悲伤如潮水般袭来，友弥再也无法压抑自己的情感。他的身体止不住地颤抖，他呜咽着哭了起来。

过了一会儿，他逐渐平静了下来，脸上满是泪痕。须田递来一包纸巾。

“对不起……”友弥一边哽咽着道歉，一边不好意思地擦着脸。他从来没有哭成这样过。自己都这么大的人了，竟然还会情绪失控。友弥感到有些羞愧。

“你压力太大了，偶尔这样发泄一下也挺好的。但作为主人，你可得坚强一点儿啊，不然猫猫看了也会伤心的。”须田平静地说道。

一个大男人，竟然在自己面前哭得一把鼻涕一把泪的。这种情况下，普通人可能早就不知道该怎么办了，但须田还是一副淡定的样子。他没有视而不见，也没有同情心泛滥。他对人和动物一视同仁，不会轻易共情，也不会弃之不顾。

“对不起，心医生。让您见笑了……”

“没关系的。我能做的，也只有听你倾诉了。”

“谢谢您！说出来之后，我心里好受多了。我的工作明明是保护动物，但我竟然还会有那种可怕的想法，我真是对不起米奥……如果我也能和您一样冷静就好了。”

“想想而已嘛，没关系的。”

须田医生温柔地抚摸着米奥，会心地笑了。

“其实我内心还是很冷漠的，对人和动物也有很强的边界感。但我名字里偏偏有‘心’这么个名字，真是讽刺啊。”

须田医生从没聊起过自己的事，这次居然主动挑起了话题。友弥有点儿惊讶。须田医生的脸上看不出什么表情，和平时一样。难道……他也有什么痛苦的过去吗？

须田医生又一次扒开米奥的眼皮，观察它的反应。

“不行啊，还是没反应，一点意识都没有。不过，之前它怎么突然就好转了呢？是发生了什么事吗？”

发生了什么事……友弥突然想到了什么。

“难道是那家诊所？但他们什么治疗都没做啊。”

“是宠物医院吗？他们是怎么给米奥治疗的？”

“不是宠物医院，是一家奇怪的心理诊所。就在这附近，叫‘中京心灵诊所’。我从那儿回来之后，米奥就醒了。我还以为只是碰巧呢。”

友弥回想着那天的经过。医生和护士说了什么来着？

好像说什么诊所里的处方猫猫都不在，猫猫处方不起作用。先“服用”家里的猫猫，没效果的话再来。那个护士还说，自己应该不用再去了……

“要是米奥不起作用的话……”友弥自顾自地念叨着。

难道再去一趟那个诊所，米奥就会醒来？怎么可能。他从来不相信这种离谱的事。

但是，就算可能性微乎其微，他也要为了米奥去试一试。

明明是正午，巷子里却仍旧昏暗。巷子尽头的那栋楼，果然和米奥曾被困住的大楼一模一样。

友弥是个坚定的无神论者。但当他推开诊所的门，看到前台的护士时，他忽然有些恍惚——世界上可能确实有很多奇妙的事，只是自己不知道而已。

他想起来了，这个女人是……

友弥在须田医院里见过她很多次。是她！当年和米奥一起被救出来的三花猫，就是被她收养的。

护士抬头瞥了一眼友弥，轻轻叹了口气。

“尾原先生，看来您家里的猫猫处方已经到期了。”

虽然友弥只在候诊区和她交谈过两三次，但她清冷的气质和忧郁的眼神非常特别。他绝不会记错的。

可她怎么会在这里呢？友弥有些不知所措。

护士疑惑地开口问道：“尾原先生？”

“哦哦，不好意思。我们肯定……”

我们肯定见过吧？但友弥说不出口。

您这是在搭讪吗？您这是在搭讪吗……当时护士略带嘲讽的笑容在友弥的脑海里重新浮现，并且挥之不去。他的脸又红了起来。

“没什么。我是来找医生的，但没有预约……”

“尾原先生，医生已经在等您了。但我希望您还是别再来了。那个人就是傻！光想着给您开新的猫猫处方，不顾自己死活……”

护士低着头，眉头紧锁。

还是别再来了？这又是什么意思？

“如果不方便的话，那我就改天再……”

“那边的沙发是专门给有预约的患者坐的。您在那儿稍等一下吧。”

“好的……”

友弥按照护士的指示，坐在了上次的沙发上。这里的一切都很奇怪。但友弥候诊时的心情，却和在别的医院看病时没什么两样——忐忑不安，但又有种莫名的安全感。医生肯定会有办法的。此刻，友弥的腿上没有宠物箱，这让他有些不适应。或许是因为他已经习惯了带猫去宠物医院。

“尾原先生，请进吧。”诊室里传来了熟悉的声音。

进门后，他看到了穿着白大褂的医生。医生正微笑着，坐在那张简易的椅子上。两人面对面，挨得很近。

“您好啊！尾原先生。感觉好点儿了吗？”

友弥直勾勾地盯着医生。上次他就觉得奇怪，一看到医生，就感觉像在照镜子一样，晕乎乎的。

“那个，医生……”

“嗯？”

“我们在哪儿见过吗？”

虽然这不可能。但友弥确实感觉，他在和镜子里的自己说话。有点儿恐怖。

友弥十分紧张，医生却放声大笑。

“啊哈哈哈——尾原先生，您这是改和我搭讪了吗？这可不行！看病的时候可不能搭讪啊！哈哈哈……”

医生还在笑。友弥愣住了，他的脸涨得通红。友弥打算起身离开，但是紧张得连椅子都没挪动。

“我先告辞了……”

“别！别呀！我开玩笑的！别当真啊。”

医生露出了调皮的笑容。友弥不情不愿地重新坐好。这里的医生和护士怎么都爱开玩笑？一向温和的友弥，脸上露出了些许不快。可医生还是一副吊儿郎当的样子。

“搭讪也好，相亲也好，相遇的方式有很多种。但为什么你们人类非要赋予‘相遇’一个意义呢？像什么‘命中注定’啦，‘缘分使然’啦……这不都是你们强行加上去的意义嘛！那一天、那一刻，遇见了就是遇见了。管他是偶然还是刻意呢？世界上有太多人，也有太多猫猫了。真的很多！尾原先生，真的很多哟！”

很多？医生说了好几遍，友弥没有生气，只是觉得有点儿奇怪。

“什么意思……”

“希望您能明白吧。对了，您最近怎么样？找人倾诉过了吗？”

“倾诉什么？”

医生的思维十分跳跃，话题也转移得很迅速。友弥有些不爽，故意装作没听懂的样子。医生却还是笑眯眯的。

“您不是说自己经常发呆，工作还总是出岔子吗？现在还是这样吗？找人倾诉了以后，有没有感觉轻松一点儿啊？”

找谁倾诉？突然，友弥想起了什么。

“您是说须田心医生？”

“最终治好您的并不是我，而是您自己和您身边的人哟。不过，您没事了就好。看来现在，您已经不需要那只整天睡觉的猫猫咯。”

“你怎么知道？！你怎么知道我的猫……”

米奥一直在昏睡，友弥把它寄养在了须田医院。

明天他还要上班。应该让米奥继续住院，由须田医生照顾它；还是应该把它带回家，每天继续提心吊胆？无论怎么选，友弥都害怕自己会后悔。

这个医生怎么会知道米奥的事？他还认识须田医生？刚才的护士之前也经常出入须田医院。这里和须田宠物医院肯定有什么联系……

自己不是碰巧来到这里的，而是被某种力量吸引过来的。友弥努力让自己冷静下来。

“也不知道为什么，我的猫猫一直在昏睡，已经快一年了。我来了你们诊所后，那天它突然醒过来了！但是没几天，它就又变成了以前的样子。您一定知道什么吧？您能不能告诉我，我的猫猫怎么才能变回以前的样子？”

“您的猫猫不会醒过来了。”医生微笑着说，“它的寿命已经走到尽头了。”

这一刻，在狭小的房间里，友弥听到了自己心跳的声音。

这一刻，他看清了一切问题的答案。

友弥坚定地看着医生，说道：“那我从现在开始，一直陪着它……”

“没用的。”医生摇了摇头说，“大家都要一个人面对死亡。我们没法选择活着时相遇的瞬间，也没法选择死亡时离别的瞬间。人和猫猫都是这样。所以，有什么后悔不后悔的呢？您就别再纠结啦！”

“但我的猫猫以前受过很多苦。我不想让它在死的时候，还是孤零零的。”

“那我告诉您一个秘密吧！您听了以后肯定会开心的。”

医生又笑了起来，完全没有了刚才神秘兮兮的样子。

“猫猫可比您想象中的要坚强得多哦！它闭着眼睛呼呼大睡的时候，脑袋里想的可都是快乐的事！就算它离开这个世界的时候，身边一个人都没有，它也不会感到孤独。因为它一直在做美梦呀！要不怎么说‘猫治百病’呢！哦不不不，‘百病’还是太夸张了！最近总有人在我耳边唠叨，说我爱夸大其词！啊哈哈哈——”

医生的笑声十分轻快。他说完，还自顾自地点起头来。

“我本来想再给您开一只特效猫猫的。比如，那种精力旺盛的猫猫，或者能让人开怀大笑的猫猫……我想让您重新体验一下，和猫猫一起生活的乐趣。不过看样子，您家的猫猫还是有点儿作用的！嘿嘿。您觉得怎么样？看您的状态好多了，要不下次就换一只……”

“不行！”医生身后的帘子猛地被拉开。护士叉着腰站在那里，大声说道。

“你怎么能这么轻易就放弃了！你就应该一直黏着他，缠着他，留在他身边！要是有新的猫猫，你就跟它一决胜负，拼命争宠！你可以的啊！你明明还能坚持的！”护士大声吼道。

说完，她又猛地拉上了帘子。

这一连串的动作发生得太快，友弥和医生都愣在了原地。

突然，帘子又“唰”地一下被拉开。护士继续冲这边咆哮道:“你还是不是个男人！你要是真有种的话，就给我挺住！”说完，她又“唰”地拉上了帘子。

诊室里的两个人呆若木鸡。过了好一会儿，帘子没有再被拉开。医生转过头，看向了友弥，说道，“真是好一通‘猫猫拳’啊！弄得我根本没法招架。她应该是又喝高了……‘真有种’……什么话都敢说！”

“呃……是吗……我可什么都没听清啊。”友弥打趣道。

“有种啊……不对不对！挺住啊……她简直跟斯巴达战士一样！每次听她说话，我都像挨了一通‘猫猫拳’，瞬间就清醒过来了！”

医生还在回味护士刚刚的“暴击”。

“她可真……真棒啊。”强势？霸道？友弥实在找不到合适的词来形容她。

“她就像我的妹妹一样。”医生笑着说道。

“我们俩已经认识很长时间了，说起来也真是有缘啊！一开始，我俩身边还有很多朋友，但后来就只剩下我和她了。她是个很善良、很坚强的人。而且还算个美女呢！是吧？”

医生说完，用温柔的眼神看向了帘子那边。虽然护士嘴下毫不留情，但友弥还是能感受到他们两人之间情感的羁绊。医生说，千岁护士就像他的妹妹一样。友弥也想起了自己的妹妹。

“好啦！尾原先生，您打算怎么办呢？”

“嗯？”

“这个世界上有很多猫猫，它们其实都很普通。但如果您遇到了一只猫猫，真心地去爱它，那它就不再是一只普通的猫猫了，而是您专属的猫猫处方。在您难过的时候，或者感觉撑不下去的时候，可不要忍着哟！按时吃药，病才能快点儿好呀！这可不是什么丢脸的事。”医生说完，微微一笑。

这张熟悉的脸，让友弥再一次感觉像在照镜子一样。

这个医生很亲切，但又有点儿轻浮，还总是喜欢捉弄人。而镜子里的自己总是有些忧愁，从没有像医生这样开心地笑过。

镜子里的自己？

不可能，不可能！乱想什么呢……友弥摇了摇头。自己好像在做梦一样。这是一家心灵诊所，这里的医生和疗法都非常奇特，却真的能治好人的心病。只需要亲自来到这里，亲手打开这扇门。

“怎么样？需要给您开一副新的猫猫处方吗？”医生笑着说道。

友弥微微皱眉。果然，这张笑脸看着还是有点儿别扭。

友弥走出诊室，他的面前只有一张空空的单人沙发。诊所里很安静，一个病人也没有。

友弥站在原地。最后还是什么治疗都没做。他只是和一个古怪的医生，进行了一场莫名其妙的对话。米奥还在须田医院等着呢，自己却跑到这儿来浪费时间。

但是，友弥觉得心情轻松了一点儿。不，应该说是轻松了很多。真是不可思议。

“尾原先生。”

护士在前台招手示意他过去。透过小窗口，可以看到护士一脸严肃地坐在里面。

这个护士确实很美，但想起她刚刚说的“你有种”，友弥赶紧清了清嗓子说：“医生说，如果预约的患者到了，就叫他进去。请问患者到了吗？”

护士叹了口气，说道：“鸟井小姐真是让人头疼啊。之前好不容易来了一趟，现在又不来了。猫猫处方的疗程应该已经结束了，但她现在还没把猫猫还回来。看来我还是不能下班啊！得把患者们都治好才行。”

护士的眼神突然变得犀利起来。

“尾原先生。”

“嗯……嗯？”

“那个人对自己的事总是不上心，您一定得好好照顾好他啊。您能明白吗？拜托您了！”

“这……”

不知为什么，护士的话听起来好像带着点儿怒气。果然，自己还是不会和这样的女人打交道。友弥正要转身离开，却听见护士温柔地说道：“猫猫闭上眼睛的时候，心里想的都是和你的美好回忆。”

友弥转过头去，护士正朝自己微笑。

“我是一个人离开的。但我并不觉得冷，也不觉得孤单。因为我的脑海里都是她，直到最后一刻，我都很幸福。猫猫就是用这种方式，爱着自己的主人。她对我来说，是最重要的人。如果哪天您遇到了她，请帮我告诉她，多多保重。”

护士说完后，就又低下头，开始忙了起来。

这里的医生和护士，怎么都这么奇怪啊！友弥默默地离开了诊所。当年救出米奥的时候，五楼还是空荡荡的。但现在，诊所隔壁的那个房间好像也有人在住。没错，这是现实，这不是梦境。

自己还会再来这里吗？如果身边的人来劝自己，自己或许还会再来。友弥想起那些一直关心着自己的人，他想对他们说声谢谢。友弥下定决心，以后不会再让他们为自己担心了。

所以，自己应该不会再来这家诊所了吧。

友弥抱着洗好的毛巾和垫子来到了救助中心。他在大厅看到了领养帽帽的小男孩。男孩和妈妈站在公告栏前，正在看上面的告示。最近，流浪猫救助中心面向儿童，举办了一个“与猫同住”主题的科普讲座。

男孩的妈妈先看到了友弥，说：“小刚，你看！大哥哥来了。”

男孩跑向了友弥。友弥把手上的东西放到一旁，蹲了下来。

“小朋友，你好呀！你想来参加我们的科普讲座吗？”

“嗯！我以后要当医生，给猫猫看病！对啦！我画了铁铁……还有它的朋友。你要不要看看？”

男孩的语速很快，听起来非常兴奋。友弥没听清楚，转头看向了男孩的妈妈。

他的妈妈笑着说道：“他是在说领养的那只猫猫。铁头听着有点儿别扭，所以就叫它铁铁了。对吧，小刚？他画了铁铁的画，说想拿来给哥哥看一看。”

“嗯嗯！”男孩开心地点了点头，展开了手里的画，说道，“这个！这个就是铁铁！”

白色的画纸上，是彩色蜡笔勾勒出的一幅充满活力的图画。这只猫是用黑色和白色的蜡笔画的，应该就是帽帽了。对了，现在它叫铁铁。铁铁的耳朵尖尖的，男孩还给它画了几根胡须。铁铁的旁边围着一些人，还有一个像帘子一样的东西。男孩指着自己的画，说道：“这个是我，这个是妈妈……铁铁在这里，然后这个是铁铁的朋友！”

从耳朵和胡须大致可以看出，那也是一只猫猫。画面里，男孩和妈妈站在两只猫猫的旁边，大家都笑得很开心。友弥看着看着，不觉间也露出了笑容。

“是吗？这是铁铁的朋友吗？”友弥蹲着问道。他又看向了男孩的妈妈，“您家里又养了一只猫猫吗？”

“没有没有。光是照顾铁铁和小刚，就已经够忙了。小刚，这只黑色的猫猫，是哥哥的猫猫吧？”男孩的妈妈问道。

男孩用力点了点头。

“是的，没错！这是哥哥你的猫猫。它和我的铁铁，是最好的朋友！”

说着，他又指了指画纸。用黑色和白色的蜡笔画的是铁铁，旁边用黑色蜡笔画的是米奥。米奥也笑得很开心。

“是吗？你还画了哥哥的猫猫呀！谢谢你。”

“它们玩得可开心了！你看，他们在比谁跳得高呢！是不是，妈妈？厉害吧！”

“是呢，好厉害呀！”男孩的妈妈朝友弥无奈地笑了笑，“铁铁会用爪子抓窗帘、挠墙壁，把家里搞得乱糟糟的！猫猫真是比小孩还要淘气呢……您家里是不是也被弄得很乱啊？”

“我家啊……”

原来画上的帘子是窗帘啊。友弥看着画里笑眯眯的米奥，它的眼睛弯成了月牙，和熟睡的米奥一模一样。友弥现在不再忐忑不安，也不再想方设法地逃避了。他每天都认真工作，期待着下班回家，就像所有养猫的人那样。因为家里，会有米奥等着自己回来。

“确实啊！我家的猫也很调皮。小刚，哥哥家的猫猫也会抓窗帘，会挠墙壁，还会跳到很高的地方！它还想跟铁铁比赛呢！”

“好呀好呀！比赛比赛！”

男孩笑得开心极了。他和妈妈手拉手，走向了科普讲座的房间。友弥目送这对母子离开，又感受到了人与人之间无形的缘分和羁绊。

自从那天之后，米奥满月般的眼睛就一直紧闭着。友弥每天准备好必需的猫粮和水，确认它的排泄情况，给它梳毛。有时友弥还会给它剪剪指甲，然后紧紧地抱住它。米奥身上暖暖的，香香的。友弥会把头埋进它的后脑勺里，深吸一口。米奥的身上，有种被太阳晒过的味道。

它已经不会再跑到高高的地方了，也没有机会和其他猫在一起玩了。它甚至不会伸懒腰，或是盯着天花板发呆了。

但不管怎样，友弥还是希望米奥能待在自己身边，陪着自己，越久越好……

友弥抱起毛巾和垫子，朝仓库走去。路上，他碰见了圆花。圆花正忙着准备一会儿的科普讲座。

“你看到了吗？那个男孩又来了。”

“嗯嗯，他可真是好奇心满满呢。希望他能在科普讲座活动中留下一段快乐的回忆！快乐喵！开心喵！精神百倍喵喵喵！是吧！”

友弥说完，正要朝仓库走去，却看见圆花目瞪口呆的表情。

“怎么啦？”

“你……你看上去没恢复啊……不对不对，好像还更严重了！你之前可不会说什么‘喵喵喵’！”

“是吗？没有啦。”

“不不不，你不对劲呀！部长，您快来啊！尾原他还是没好，还更严重了！”

这下，太田也凑了过来。

“怎么了？怎么了？”

“尾原不对劲啊！他竟然在喊口号！他说‘喵喵喵’！”

“这……是不是累傻了啊？”

友弥抛下诧异的两个人，去搬运东西了。要干的活儿太多了，得赶紧把这些事做完，下班了才能马上回家。心爱的猫猫还在家里等自己呢。

米奥的四肢还是疲软无力，只有尾巴偶尔会晃两下。它应该和往常一样，梦见了什么开心的事吧！

隔壁又传来了一阵动静。

椎名彬急忙关掉电视，把耳朵贴在了隔壁上。“砰——”“砰——”隔壁的门打开，又关上了。接着传来一阵脚步声，好像是有人出去了。

椎名悄悄转动门把手，把门打开了一道缝。他透过门缝向外看去，昏暗的走廊里好像有一个人。那个人朝着楼梯走去，然后消失在了椎名的视野中。

那是一个少年的背影，看上去个子不高。

椎名彬关上门，深深吸了口气。隔壁竟然真的有人！到底是谁呢?

椎名慢慢坐了下来。他想到，最近工作进展得不错，他的身体年龄也就二十多岁。虽然生活琐事也让他烦心，但他相信凭着自己那股不服输的拼劲儿，肯定能坚持下去。

不过，隔壁这间邪门的屋子，还是让他感觉不太舒服。自己的磁疗项链好像也不能辟邪。不知为什么，隔壁貌似一直热闹得很，男女老少都来光顾。椎名跟房东和物业的人说了好几次，问题还是没解决，这让椎名很不爽。前几天，物业陪他一起到隔壁的房间去查看。里面别说猫了，连只老鼠都没有，空空如也。

“可恶！下次再有人来，我非得跟他问清楚不可！或者像之前，碰到那个大爷的那次一样。我倒要进去看看，究竟有什么古怪！”

有一次，椎名费了很大的力气才打开了门。他确实大吃一惊。那次他看到房间里的陈设和之前完全不同。他好像还隐约瞥见了诊所的前台。

究竟是什么情况？该不会是诈骗团伙吧？椎名越想越焦虑。他想抽根烟冷静一下。不行不行！自己早已经戒烟了。

突然，他又听到了什么声音。这种微弱的叫声……是猫叫！

“我就说吧！绝对有猫！鬼知道到底怎么回事，但隔壁肯定有猫！”

下次一定要逮到他们！

椎名下定了决心。就算隔壁闹鬼，就算碰见长着两条猫尾巴的妖怪，他也要去！下次有机会，他一定要进去看看隔壁到底有什么秘密。为了这一天的到来，椎名把自己戴的磁疗项链都换成了高级版。装备必须要顶级的！

“这回不管碰到什么妖怪，都不用担心了！”

而且，他为公司的产品又想到了新的广告词。意识到这一点，椎名一下子激动了起来。他心满意足地笑了。

“终于……”

米奥靠在椅背上，环顾四周，看着狭小的诊室。

这里和以前完全不一样了。那时，房间里堆满了纸箱，伙伴们都在自己的身边。大家一起玩耍，一起睡觉，有时还会吵架。那天，他和往常一样，被关回了自己的笼子。他以为自己明天就会被放出来，继续和大家一起玩耍。

但自己却被关了整整一天。接着，时间又过了一天、两天……直到自己的意识逐渐模糊。

“那时候可真难熬啊！也不知道我这病还能不能好了。”米奥呆呆地望着天花板，自言自语道。

这时，千岁护士掀开帘子，微微皱起眉，说道：“米奥医生，预约的患者可能随时会来的。你可别边睡觉边流口水！”

“哪有啊！我没睡！”

米奥慌乱地直起身子，用手擦了擦嘴。刚刚他确实走神了，但没想到连口水都流出来了。米奥朝着千岁抬起了下巴。

“怎么样？还有口水印吗？”

“当！然！有！行了行了，别管这个了！我有事要跟你说。之前那个患者，你跟他说什么了？”

“之前哪个患者？”米奥歪了歪头说。

千岁又瞪圆了眼睛，说道：“还能有谁？尾原先生啊！你是不是跟他说，我像你的妹妹？反了吧？是你像我弟弟才对！”

“啊哈？”米奥怪叫了一声，“开什么玩笑！我可比你生得早啊！”

“你不知道吗？关系是可以反转的呀！所以从现在开始，你就是我弟弟了！”

“不可能！绝对不可能！”

“反正你得乖乖听我的！在患者康复之前，必须要好好跟进。听到没？！”

“但你看把我累得……我都欲哭无泪了！”

“有泪也没用！好啦，你听！”千岁护士的眼神又变得冷漠起来。

她看着门口说道：“好像又有人来了。别在新患者身上花太多时间啊！”千岁说完后，又走进了帘子里。是她一直在负责接待患者。那些迷失方向的人，他们来到这里以后，看到的第一个人就是千岁。千岁不会赶走任何一名患者。

米奥微笑着。她很强势，还有一点儿小脾气。这都是因为之前的主人太宠她了。不过，千岁的心一直都是善良的。

“真是没办法啊！千岁这么努力，我也得加把劲儿才行啊！”

米奥看着天花板，自言自语道。这间屋子，只有天花板和以前的一模一样。诊所的传闻传到了很多很多人的耳朵里，如今，米奥也终于见到了自己想见的人。这个人一定还在用他温暖的双手继续拯救着米奥的同伴。

猫猫们需要他。

不过，还有一个人。米奥希望她也能向前看。这位患者之前来过一次，就没再来过。但说不定有一天，那些神秘的传闻会重新把她带回这里。

门开了。一个身穿西服的年轻人怯生生地走了进来，他看起来心事重重。即使他对这里感到怀疑，但他还是会把烦恼告诉自己。

米奥笑着说道："那就给您开一副猫猫处方吧！千岁护士，带猫猫过来。"

# 译者简介

宋川川，由北京外国语大学日语学院师生组成的翻译小分队，作品面向正在寻找治愈之地的男生和女生，还有那些尽管眼神中流露出一丝丝疲惫，但依然怀有少男、少女心的大朋友。

小分队教练宋刚，副教授，热爱文学、翻译。曾为奶奶买过两只两个星期大的猫宝宝。玉蜓桥下清晨的市集，它们在笼子外玩耍，笼子里是它们的妈妈。抓着它们的小手，与猫妈妈挥别后，他决定给它们一个温暖的家。

小分队队长孙丰旻，2021 级本科生，喜欢音乐、动漫、电影。奶奶家有一只活泼的小橘猫。或许下次再见它时，它已经变成稳重的“大橘”了。呼吁领养代替购买。她说：“愿世上每一只猫猫，都能在寒冷的冬夜里，钻进属于它的温暖小窝。”

小分队队员汪皓楠，2022 级本科生。喜欢文学、音乐、跆拳道、看小猫视频。他很确信，小猫也很喜欢他。他说：“有的时候会想成为一只猫。”

小分队队员李惟一，2022 级本科生。喜欢戴着耳机在城市中漫步，总能在不经意间发现隐藏在角落的猫咪身影。她说：“猫咪就像城市的精灵，悄无声息地观察着我们，带着独属于它们的温柔与神秘。”

小分队队员高聪昊，2021 级本科生。热衷于羽毛球、排球，喜欢背着相机漫步于校园、街巷，在光影交错间用镜头捕捉慵懒踱步的猫咪。他说：“猫咪是城市的诗人，它们行走在斑驳的光影中，用静谧和优雅将城市的故事娓娓道来。”

小分队编外人员孙羽瑄，2024 级翻译硕士。热爱“撸”猫、狗、铁。她说：“世界上有无数个平凡的人，无数只普通的猫猫。千万分之一的概率，一个人能遇到对症的猫猫处方。在命运的安排下，两个渺小又平平无奇的生命从此在彼此的眼中闪闪发光。”